BIBLIOTHÈQUE DE LA JE
CIEL
CONTRE TERRE
PAR HENRI ALLORGE
LIBRAIRIE 2f50 HACHETTE

Bibliothèque des Ecoles et des Familles

1re SÉRIE

Format grand in-8 (28×18)

Chaque volume :

broché **9.50**

relié tranches jaunes, tête dorée **14.50**

About (E.) : **L'homme à l'oreille cassée.**
Le roman d'un brave homme.

Avezan (D') : **Enfant d'adoption.**

Beecher Stowe : **La case de l'oncle Tom.**

Cervantes Saavedra : **Don Quichotte de la Manche.**

Gourdault : **La Suisse pittoresque.**

Jacquin : **M. de la Palisse.**

Maël (P.) : **Robinson et Robinsonne.**
Le trésor de Madeleine.
Terre de fauves.
Le Talisman.

Monnier : **Notre belle Patrie. Sites pittoresques de la France.**

Scott (Walter) : **Ivanhoë.**
Quentin Durward.

Toudouze (G.) : **Le Secret de la Trahison.**

Vernon (P.) : **Pirate de l'air.**

Wyss (J.) : **Le Robinson suisse.**

Pour la collection complète, demander le Catalogue de Distribution de Prix.

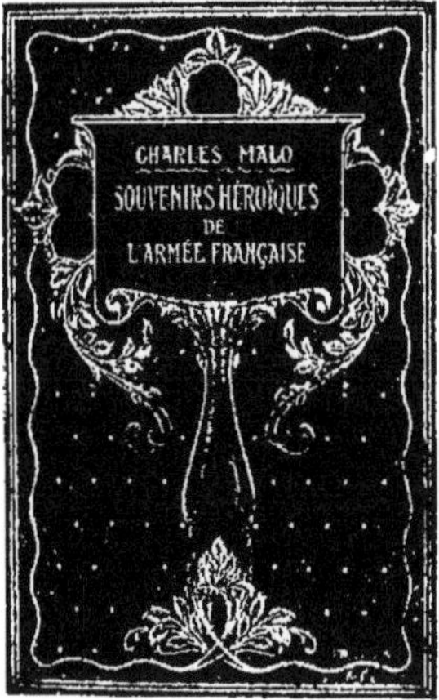

2e SÉRIE

Format in-8 (25×17)

Chaque volume :

broché . . . . **8 fr.**

relié percaline, tranches jaunes, tête dorée . . **12.25**

About (E.) : **Nouvelles et souvenirs.**
Le Roi des Montagnes.

Boland (H.) : **Excursions en France.**

Cahun (L.) : **Les Pilotes d'Ango.**

Colomb (Mme J.) : **Mon oncle d'Amérique.**
Les étapes de Madeleine.

Cooper (Fenimoore) : **Le dernier des Mohicans.**

Corneille : **Œuvres choisies.**

Daudet (A.) : **Histoire d'un enfant, le petit Cho e.**

Dickens (C.) : **David Copperfield.**
Nicolas Nickleby.
Aventures de M. Pickwick.

Dourliac (A.) : **Fleur des ruines.**

Gaffarel (P.) : **Les campagnes de la première République.**

Girardin (J.) : **Le locataire des demoiselles Rochon.**
Le commis de M. Bouvat.
Les braves gens.

Guy : **Gérard le Résolu.**

Lacombe (P.) : **Petite histoire du peuple français.**

Margueritte (P. et V.) : **La guerre de 1870-71.**

Molière : **Œuvres choisies.**

Sandeau : **La Roche aux Mouettes.**

Schultz (Mlle) · **Tout droit.**

Stany (le commandant) : **Mabel.**

Vincent et Mlle Bat : **Chez Catherine ménagère.**

Vincent et Eckert : **Causeries de l'oncle Jean.**

CIEL CONTRE TERRE

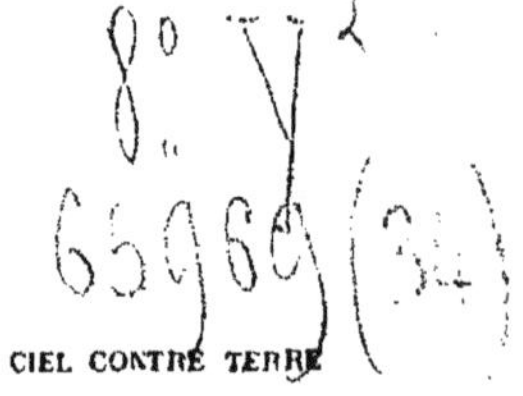

BIBLIOTHÈQUE DE LA JEUNESSE

CIEL CONTRE TERRE

PAR

HENRI ALLORGE

ILLUSTRATIONS DE ÉDOUARD ZIER

LIBRAIRIE HACHETTE
79, BOULEVARD SAINT-GERMAIN, PARIS

Du même auteur

LE GRAND CATACLYSME, « roman du centième siècle ». (Les Editions Crès et Cie). Couronné par l'Académie Française (Prix Sobrier-Arnould).

PETITS POÈMES ELECTRIQUES ET SCIENTIFIQUES. Préface de M. Edouard SCHURÉ. (Perrin, éditeur.)

M. BALTHAZARD AVISA SA BONNE, QUI BALAYAIT NONCHALAMMENT LA COUR

CIEL CONTRE TERRE

Au Maître Camille Flammarion,
poète de la Science
H. A.

PREMIÈRE PARTIE

I

UN COUP D'ŒIL SUR LE « CLOS » DE M. BALTHAZARD

« Le Diable emporte celui qui inventa cet instrument de torture! »

Ainsi s'exclama M. Balthazard, après s'être épuisé en vains efforts pour faire prendre une position correcte et gracieuse à son faux-col récalcitrant, qui s'obstinait à se mettre et à demeurer de travers.

Tout en soufflant un peu, M. Balthazard, qui avait des lettres, se reprit ainsi :

« Peuh! bien banale, cette imprécation, et combien inutile, ce vœu! Disons mieux, en style noble et en vers :

Par l'astre de la nuit et par l'étoile Algol,
Maudit soit à jamais l'inventeur du faux-col!

Puis, afin d'apaiser son ennui, celui qui venait de déclamer ce distique burlesque, laissant de côté ses préoccupations vestimentaires, descendit dans son cabinet de travail, et se mit en devoir de fumer une bonne pipe, car il était de ceux à qui cet acte, religieusement accompli, suivant des rites consacrés par une longue expérience, apporte une béatitude sans mélange, et peut-être le plus pur et le plus sûr des bonheurs terrestres.

Il se dirigea donc vers l'arsenal imposant où se trouvaient rangés ses instruments tabagiques, dans un désordre qui était l'effet, non de l'art, mais de l'insouciance.

Et il fredonnait la chanson de Prudent Pruvost : *Les Trois Pipes :*

Dans un coin de mon atelier,
J'ai trois pipes au râtelier.

Il en avait bien plus de trois, mais ses favorites étaient celles qu'il appelait : Coralie, Cunégonde et Zéphyrine (car il leur avait donné à toutes des noms harmonieux).

Il prit donc Zéphyrine, et, l'ayant bourrée de tabac de caporal (celui qu'il préférait), en tira bientôt voluptueusement de grosses bouffées, qui s'élevaient en décrivant d'élégantes courbes bleuâtres, vers le plafond, auquel était suspendue une grosse tortue empaillée, tenant dans chacune de ses nageoires une ampoule électrique.

Il est inutile d'ajouter, après cela, que M. Balthazard ne ressemblait pas au commun des mortels, qu'il aimait à s'en distinguer par des particularités bizarres et amusantes, de petites inventions ingénieuses, et une fantaisie intarissable, qui faisait de lui un type original entre tous les originaux.

Mais cela ne l'empêchait pas d'être le plus brave garçon du monde, et le plus sérieux quand il le fallait.

M. Balthazard était le fils d'un banquier, qui rêvait de faire de lui un savant ingénieur de l'Etat ou un grave inspecteur des finances ou, à la rigueur, un brillant officier, en tout cas un Polytechnicien. Sa mère, qui avait des goûts artistiques, eût préféré qu'il fût peintre ou sculpteur.

Le jeune homme, tiraillé entre ces directions si opposées, avait étudié docilement les mathématiques et la peinture.

« Recalé » à Polytechnique, il s'en était consolé en la joyeuse compagnie de rapins à l'imagination fertile en farces et en mises en scènes drôlatiques.

Ses parents étant morts à peu de jours de distance, d'une grippe infectieuse, M. Balthazard, livré à lui-même, pourvu d'une aisance assez large, résolut de faire dorénavant ce qui lui plairait, exclusivement, et de vivre dans la plus complète indépendance.

Ce fut alors qu'il fixa son destin à Bois-Colombes, dans un pavillon coquet qu'il baptisa du nom familier de « Clos Sans-Façon ».

Il continuait à étudier les sciences, et à se tenir au courant des découvertes nouvelles, mais seulement pour son plaisir : toutefois, il rédigeait la chronique scientifique dans le journal l'*Epoque,* où il avait été introduit par son ami Georges de la Blanchère, rédacteur au *Mascarille.* Il était surtout sans rival pour tous les petits travaux d'amateurs ; il se transformait, suivant les occasions, en mécanicien, électricien, plombier, menuisier, serrurier, maçon, et avait fait installer dans sa buanderie un atelier universel. Il poursuivait même des recherches de nature plus haute, touchant à la physique et à la chimie. Enfin, il se distrayait en reprenant la palette et la brosse, et peignait d'agréables pochades, qu'il distribuait à ses amis.

Donc, M. Balthazard savourait avec délices les bouffées qu'il tirait de Zéphyrine. Mais il ne s'abandonna pas longtemps à cette rêverie, oisive autant qu'elle était exquise. — Que dois-je faire aujourd'hui ? se demanda-t-il.

Et ses regards se portèrent aussitôt vers le tableau noir où il écrivait d'une craie alerte ses problèmes de géométrie ou d'algèbre, souvenir de ses fortes études. A la vérité, il s'en servait surtout maintenant, comme d'un agenda (qui n'avait rien d'un agenda de poche).

Il y lut ces lignes :

« Réprimander Athalie pour sa chorégraphie canéphorique ».

« Faire venir le vétérinaire pour Lilith, Jacqueline, et par la même occasion, Gontran, ainsi que Mathusalem. »

« Avoir une entrevue avec M. Marion, l'astronome, au sujet des bolides de l'Atlantique ».

Ici, quelques mots d'explication sont indispensables.

M. Balthazard avait pour tout domestique une vieille bonne, qui se prénommait Esther. Mais, considérant qu'en raison de son âge et de son caractère plutôt revêche, elle ne méritait plus de porter le gracieux nom de l'incomparable épouse d'Assuérus, il préférait l'appeler Athalie ; elle n'avait jamais pu, d'ailleurs, comprendre pourquoi.

Pour ce qui est du motif de la réprimande, il convient de se souvenir que les canéphores, en Grèce, étaient des porteuses de corbeilles : « chorégraphie canéphorique » signifiait donc : « danse de la corbeille » ; élégante façon de dire qu'Athalie — chose indigne d'une si grande reine — faisait danser l'anse du panier. Oh ! avec discrétion et modération ; mais, pour le principe, M. Balthazard lui en faisait l'observation de temps en temps. Quant à Lilith, Jacqueline, Gontran et Mathusalem, on fera bientôt connaissance avec ces personnages.

M. Marion, l'illustre astronome, est trop connu pour qu'il soit utile de rappeler ses remarquables travaux et ses ouvrages de vulgarisation, dans lesquels il a su rendre la science si attrayante, et la parer d'une si profonde poésie. M. Balthazard le connaissait et lui faisait souvent visite. Pour se remettre en mémoire la question des fameux bolides il reprit l'article que venait de publier à leur sujet le journal l'*Epoque,* et relut ces lignes :

« On se rappelle que d'étranges météores ont été observés récemment sur l'Atlantique. Voici des détails nouveaux et précis sur ces phénomènes, qui déconcertent les savants :

« Le 20 mars, M. Nelson Roggers, second du navire anglais *Suffolk,* se trouvait de quart, quand, à 23 heures 42 minutes 27 secondes, son attention fut attirée par une sorte d'étoile filante, d'un vif éclat, qui était visible dans la direction du sud-sud-ouest, par 40 degrés environ. M. Roggers reconnut qu'il s'agissait d'un bolide relativement peu éloigné, qui tombait à une vitesse considérable, et qui disparut à l'horizon.

« Mais voici une autre observation plus intéressante encore. Le capitaine du paquebot *Mauritanie,* de la Compagnie Sud-Atlantique, M. Le Rouzic, revenant de Rio-de-Janeiro, vit de plus près encore un bolide, dont l'éclat lui parut aveuglant, et d'une couleur rougeâtre, qu'il qualifie assez singulièrement de « diabolique ».

« La chute de cet astéroïde était accompagnée d'un sifflement effrayant. M. Le Rouzic craignit de voir son bâtiment coulé par cette météorite. Il était malheureusement obligé de poursuivre sa route, sans s'arrêter un seul instant; il regretta de n'avoir pu aller explorer l'endroit où la masse incandescente s'était abîmée dans les flots, mais s'en consola en pensant que certainement nulle trace n'en était restée, sinon au fond de la mer, où elle s'était engloutie avec une explosion terrible.

« Deux choses ont frappé M. Le Rouzic; tout d'abord, la vitesse de chute ne s'accélérait pas autant que l'eussent voulu les lois de la pesanteur; loin de là, elle semblait ralentie par une influence inconnue; en outre, de la base du bolide jaillissaient des rayons bleuâtres, qui semblaient bombarder l'espace inférieur dans la direction de la mer.

« Espérons que d'autres détails pourront être recueillis. Malheureusement, il sera évidemment impossible de repêcher la « pierre de ciel », ensevelie maintenant dans les profondeurs insondables de l'Atlantique central ».

« Curieux, vraiment, fit M. Balthazard en reposant le journal sur son bureau. Il y a là matière à une excellente chronique. »

A ce moment, il vit une masse noire tomber sur sa gazette, non pas bruyamment mais avec une douceur veloutée. Au premier moment, il ne fut pas loin de penser que c'était un fragment du fameux bolide évoqué par lui. Mais c'était seulement une magnifique chatte, couleur d'ébène, qui venait de sauter du haut d'une armoire sur le bureau, et frottait sa tête, en ronronnant, contre la main de son maître.

« Bien, bien, Lilith, dit-il en la caressant; tu es une belle diablesse, tu as l'air d'être tout à fait remise de ton indisposition, une indigestion, peut-être? Ce n'était point, en tout cas, que tu eusses mangé trop de souris, car je crois que tu en as peur, tout comme ces jolies femmes auxquelles tu ressembles tant! — sauf par la couleur, car je ne parle pas des négresses! Enfin, je suis heureux de te voir en bonne santé, ma petite Lilith! »

M. Balthazard, ayant fini sa pipe, en secoua tranquillement les cendres dans la tasse où il venait de boire son habituel cacao. Puis il raccrocha Zéphyrine au râtelier, y prit Cunégonde, qu'il mit dans sa poche, et se préparait à sonner Athalie, quand ses oreilles furent soudain frappées par des cris qui n'avaient rien d'humain — chose peu étonnante, puisqu'ils étaient poussés par des animaux.

Il sortit et aperçut dans le jardin une oie qui poursuivait un corbeau, en le menaçant de son bec.

« Voyons! Jacqueline, cria le maître de ces turbulents volatiles. Veux-tu bien laisser en paix ton petit camarade! Tu me parais très nerveuse, depuis quelques jours. Tu persécutes tes compagnons, auxquels tu te crois sans doute très supérieure, parce qu'une blanche vaut deux noires! Si tu continues, je ferai venir le vétérinaire, qui te donnera une bonne purge. »

Jacqueline eut l'air de comprendre, car elle se calma, et ne poussa plus que de petits cris d'amitié, — d'ailleurs très cacophoniques. — M. Balthazard, outre son vieux chien Mathusalem, avait une « oie de garde »; ce dernier animal est bien connu pour sa vigilance, depuis que ses ancêtres ont sauvé le Capitole. Quant au corbeau, qui était d'âge respectable et de caractère morose, il avait été trouvé un jour dans le jardin, blessé de quelques grains de plomb; l'original habitant du « Clos Sans-Façon » l'avait soigné, guéri et conservé comme pensionnaire.

« Toi, Gontran, continua-t-il, tu as tort de houspiller Jacqueline, ce n'est pas convenable pour un grave philosophe de ton âge. Allons, rompez, tous les deux, et soyez sages. Prenez exemple sur Mathusalem. »

Puis M. Balthazard avisa sa bonne, qui balayait nonchalamment la cour :

« Athalie, dit-il, je crains qu'à travailler si ardemment, vous n'attrapiez une courbature. Je sors, et déjeunerai à Paris. Profitez de ce loisir pour revoir les comptes de la semaine dernière, afin d'éviter les erreurs. Et souvenez-vous bien que, si vous trahissez mes intérêts, le ciel vous punira, comme votre coupable homonyme, et sa mère Jézabel! »

A ces mots, M. Balthazard franchit le seuil de sa propriété, fermée par une grille de fer, qui s'ouvrait avec peine en grinçant horriblement.

Athalie, demeurée seule, hocha la tête, en murmurant :

« Quel « drôle de corps » que Monsieur! On ne comprend jamais ce qu'il veut dire! »

II

OU IL EST QUESTION D'UN ASTRONOME, D'UN ARROSOIR, DE GRAINES ET DE POULES

Donc, M. Balthazard se dirigea vers la gare de Bois-Colombes, en flânant un peu. Il saluait d'un sifflement amical, comme il en avait l'habitude, les chiens des propriétés voisines, et inspectait avec soin les jardins, afin d'y trouver des exemples à suivre pour la culture du sien. Préoccupation superflue; il ne résultait généralement de ces observations que des projets non réalisés, des intentions stériles, des velléités sans suite.

A la gare, il acheta quelques journaux, non sans adresser un joyeux compliment à la marchande. Les gazettes s'occupaient toujours du mystérieux bolide, mais ne révélaient aucun détail nouveau.

A peine M. Balthazard avait-il salué quelques vagues connaissances, des abonnés comme lui, que le train arriva. Dans le compartiment où monta notre voyageur, se trouvaient un vieux monsieur et une vieille dame, qui s'entretenaient de leurs affaires de famille, et qu'il dérangea visiblement. Ceux-là ne paraissaient pas se soucier le moins du monde des météores de l'Atlantique.

A Saint-Lazare, il s'offrit un journal de midi, qui venait de paraître. Il n'y trouva rien de sensationnel sur la question qui le passionnait; la nouvelle du jour était relative à un retard subi par le transatlantique (de la White Star Line), le *Gigantic*, paquebot récemment lancé, qu'on attendait à Cherbourg. Ce retard n'était pas encore considérable; un simple accident de machine pouvait l'expliquer, mais à la condition d'admettre qu'il eût rendu inutilisables les appareils de télégraphie sans fil dont ce colossal navire était muni.

A la vérité, les principaux postes de T. S. F. du monde recevaient depuis quelques jours d'étranges messages, que nul ne pouvait déchiffrer; ces communications incompréhensibles provenaient-elles du *Gigantic?* On ne pouvait le dire, ni aller au secours du navire, dont la situation était inconnue, car il semblait s'être écarté de la route qui lui était assignée.

M. Balthazard prit le Nord-Sud, jusqu'à la station Notre-Dame-des-Champs, et se dirigea, sans trop se presser, vers le logis de M. Marion, qui habitait boulevard Montparnasse.

L'illustre astronome tendit les deux mains à son jeune ami, en souriant malicieusement sous sa belle couronne de cheveux blancs.

« Votre visite, mon cher Balthazard, n'est pas désintéressée. Je devine (sans peine) que vous venez me demander mon avis au sujet des fameux bolides.

— C'est-à-dire, Maître, qu'ils me fournissent une excuse. Sans eux, je n'aurais pas eu l'audace inconvenante de venir vous faire perdre un temps que je sais si précieux.

— Vous savez bien que je serai toujours très heureux de vous voir. Votre jeunesse et votre gaieté me ragaillardissent.

— Oh! Maître, vous n'en avez nul besoin; vous êtes toujours jeune!

— L'astronomie conserve. On devient très vieux, à contempler les étoiles. La longévité des astronomes et des acteurs est bien connue. Il est vrai que nos artistes dramatiques approchent aussi des étoiles... de théâtre, moins lointaines que celles du ciel.

— Vous avez toujours le mot pour rire, Maître.

— Il faut, comme Figaro, se hâter de rire de tout, de peur d'être obligé d'en pleurer. On mourrait de désespoir, à prendre au sérieux la sottise humaine, si insondable que, comme l'a dit un philosophe, elle seule peut nous donner une idée de l'infini. Tenez, voici encore une photographie d'un paysage exposé au dernier salon par un peintre connu. Croiriez-vous que, dans son effet de crépuscule, il a mis un croissant de lune, les pointes tournées vers le soleil couchant! C'est un peu comme s'il eût représenté un arbre les branches en bas et les racines en l'air.

— Oui, mais le public s'en aperçoit moins.

— Ah! mon cher ami, l'ignorance de la masse (et même de bien des gens cultivés), en matière d'astronomie, est vraiment stupéfiante. N'est-il pas inconcevable que presque tous les hommes aient vécu jusqu'ici — et vivent encore — sans se douter des merveilles de l'Univers? Il est vrai que nous habitons une planète de brutes, un pauvre petit monde à peine sorti encore des fanges brûlantes du chaos. Lorsque son enfance aura fait place à la maturité, dans un nombre respectable de milliers d'années, peut-être l'humanité sera-t-elle moins méprisable?

— Puisse-t-il en être ainsi!

— L'évolution incessante est la loi de l'être, non seulement celle de la matière, mais celle de l'esprit. Certes, nous ne savons presque rien encore, et bien des mystères troublants restent à pénétrer. L'inconnu nous environne; nous pressentons des choses que notre raison ne peut comprendre. Le rêve se mêle à la réalité tangible. Il faut que la foi, l'intuition viennent au secours du raisonnement.

Nous ne devons rien admettre sans preuves, mais rien nier *a priori*.

— Parfaitement, appuya M. Balthazard, qui avait hâte de revenir à son sujet. Ainsi, pour ces bolides, on doit reconnaître qu'ils semblent tout à fait étranges... qu'en pensez-vous, Maître ?

— Je ne leur trouve rien de bien extraordinaire, sinon leur éclat particulier. Vous savez que les chutes de météorites sont très fréquentes ; mais on n'accorde guère d'attention qu'aux aérolithes qui tombent sur la terre, et particulièrement dans les pays habités ; or, le plus grand nombre d'entre eux, naturellement, se perdent dans la mer, sans éveiller, le plus souvent, d'autre curiosité que les légendaires étoiles filantes, chères aux poètes et aux âmes sentimentales.

— Mais ces bolides paraissent se distinguer par plusieurs particularités notables ; d'abord, comme vous venez de le rappeler, ils sont exceptionnellement brillants. On les a remarqués d'un grand nombre de points du globe, sans parler des navires qui les ont vus tomber.

— Peut-être ont-ils pu être étudiés par les observatoires des Etats-Unis ? celui de Lick, ou l'observatoire Yerkes ? celui du Mont-Wilson, en Californie, ou celui de Victoria, au Canada ? En ce cas, nous aurions bientôt des renseignements précis et détaillés sur le phénomène.

— Vous avez lu, Maître, que, d'après le capitaine du paquebot *Mauritanie*, la chute semblait en quelque sorte ralentie par une cause mystérieuse ?

— Oui.

— Et que, sous le bolide, le même capitaine Le Rouzic a cru distinguer des lueurs singulières, des rayons qui *précédaient* la masse incandescente ?

— En effet, mais nous manquons de données pour raisonner sur ces particularités au moins bizarres. J'inclinerais, quant à moi, à penser qu'il s'agit seulement d'illusions d'optique.

— Pourtant, le capitaine est un homme sérieux, instruit, habitué aux choses de la mer.

— N'importe ! Il a pu se tromper ; tous les yeux mortels sont sujets à l'erreur. Du reste, je le répète, attendons ! Le principe fondamental de la science est de ne se prononcer que sur des faits.

— Il est permis cependant d'émettre des hypothèses. Ainsi, n'y aurait-il pas une relation entre les bolides et le retard du paquebot le *Gigantic* ?

— Oh ! vous m'en demandez trop ! Je ne suis d'ailleurs pas au courant de cette nouvelle affaire. »

M. Balthazard lut à l'astronome l'article en question, et ajouta :

« Si, par malheur, un des aérolithes est tombé sur ce transatlantique, n'a-t-il pas pu le couler ou l'incendier ?

— Cela me paraît peu probable.

— D'après les déclarations de M. Le Rouzic, le bolide qu'il a vu s'est englouti tout près de son navire. On pourrait essayer de déterminer le point de chute et voir s'il se rapproche de la position du *Gigantic* à ce même instant.

« VOTRE VISITE, MON CHER BALTHAZARD, N'EST PAS DÉSINTÉRESSÉE »

— Rien n'est plus trompeur qu'un bolide. On a souvent cru en voir tomber tout près, qui avaient chu à des centaines de kilomètres de là.

— Ainsi, on ne peut encore tirer aucune déduction scientifique de ce que nous savons ? C'était bien mon avis, mais je tenais à vous demander le vôtre.

— Heureux de vous avoir serré la main. L'astronomie, seule, est une science exacte, complète, puisqu'elle comprend toutes les autres ! Ah ! mon cher ami, elle seule est la Science par excellence. Elle seule offre à la vie un but digne de notre activité !

— Surtout quand elle est cultivée par un savant tel que vous, Maître ! »

En quittant M. Marion, le visiteur se sentait honteux et confus de n'être pas astronome. Il se disait qu'il avait manqué sa vie, et rougissait de s'occuper d'autre chose que des merveilles astronomiques.

Mais, comme il faut bien condescendre à s'abaisser jusqu'aux détails les plus vulgaires de la vie pratique, il songea qu'il avait besoin d'un arrosoir, le sien ayant été irrémédiablement détérioré par l'acidité des liquides chimiques avec lesquels il avait fait des expériences horticoles (d'ailleurs malheureuses).

Il s'en procura donc un autre, et l'emporta lui-même, car il était fort impatient et tenait essentiellement, lorsqu'il achetait quelque chose, à l'essayer le jour même. Par une précaution judicieuse, il avait mis dans la poche de son veston la pomme de l'arrosoir, pour la préserver des chocs qu'il ne manqua pas, en effet, de faire subir au reste de ce récipient.

A peine arrivé à Bois-Colombes, il se rappela qu'il avait aussi besoin de pitance pour ses poules. Il alla donc chez le grainetier, et demanda du sarrazin.

« Vous n'avez pas de sac ? lui fit remarquer le commerçant.

— Non, mais voici mon arrosoir. Remplissez-le. »

Cette ingénieuse solution fut adoptée aussitôt, et M. Balthazard, toujours rêvassant et bayant aux corneilles, reprit le chemin du « clos » où il abritait ses pénates.

Tout en marchant, il balançait machinalement l'ustensile qu'il tenait à la main. Bientôt, il fut surpris de se voir entouré de moineaux, qui semblaient lui faire fête. Il s'arrêta, et observant scientifiquement cet intéressant phénomène, reconnut que ces oiseaux picoraient derrière lui en suivant la trace de ses pas, avec un empressement charmé.

O surprise ! l'arrosoir bien rempli laissait s'échapper, à chaque oscillation, des graines, qui trouvaient aussitôt amateurs. M. Balthazard admira l'organisation de la nature, où rien ne se perd, puis il rentra, déposa l'arrosoir dans sa buanderie, et s'assit à son bureau, pour noter scrupuleusement tout ce que lui avait dit M. Marion.

Quand il eut terminé, ce qui exigea quelque temps, il reprit l'arrosoir, et se dirigea vers son poulailler ; là, il se mit en devoir de verser des graines dans l'assiette des poules. Mais, catastrophe imprévue, ce fut une trombe d'eau qui jaillit, éclaboussant copieusement les pauvres gallinacés, qui s'enfuirent en gloussant et piaillant plaintivement.

« Que les bolides m'écrasent, s'écria M. Balthazard, si ce n'est pas un tour d'Athalie ! »

Et il appela sa bonne, mais en vain !

Alors, il alla au jardin pour l'y chercher.

Il ne l'y trouva point, mais il remarqua, au pied d'un artichaut, un petit tas de graines, que le corbeau Gontran contemplait d'un œil morose et dégoûté.

« Je comprends, se dit-il : ma zélée servante a voulu arroser. Voyant qu'il sortait de l'arrosoir tout autre chose que de l'eau, elle l'a vidé de ses graines et les a remplacées par le liquide cristal que verse généreusement ma pompe. Elle a ensuite cherché la pomme de l'arrosoir, et ne la trouvant pas, elle a remis l'irrigation à demain. »

Et il conclut avec placidité :

« Décidément, il me serait plus facile, je crois, de percer le mystère des astres les plus lointains, que de savoir ce qui se passe chez moi ! »

III

UNE LETTRE INATTENDUE

Le lendemain matin, M. Balthazard se réveilla un peu maussade et se leva sans empressement. Sans doute à cause des émotions de la veille, son sommeil avait été troublé par des songes extravagants. Il avait rêvé qu'un bolide tombait sur sa maison. Arrivé près du toit, cet aérolithe éclatait doucement, et dans le flamboiement de cette explosion il voyait, comme dans une apothéose, Athalie verser, avec un arrosoir géant, des graines, qui, en touchant le sol, se métamorphosaient en poules.

Au moment précis où il prenait son cacao du matin, un charivari des plus cacophoniques vint le troubler. La sonnette carillonnait (ou plutôt les sonnettes, car il y en avait deux, une clochette et un timbre électrique, celui-ci dû à l'ingéniosité de M. Balthazard et fonctionnant en même temps que l'autre par le moyen d'un cordon de tirage). A ce double bruit, se mêlaient les cris assourdissants de l'oie Jacqueline ; cette volaille irascible avait reconnu le facteur, qu'elle ne pouvait souffrir (peut-être parce qu'il ne lui apportait jamais de lettres). Dès que la porte fut ouverte, elle se précipita, le bec menaçant. Son attitude agressive contrastait avec le calme du vieux chien Mathusalem, qui oubliait même d'aboyer.

Le facteur remit deux lettres (dont une recommandée, venant des Etats-Unis) au destinataire, qui, après avoir signé la décharge, donna généreusement vingt-cinq centimes (deux sous pour la lettre, et trois sous pour les coups de bec de Jacqueline).

Puis il ouvrit son courrier. L'une des missives était un mot bref de Georges de la Blanchère, confrère de Balthazard.

« Mon cher ami,

« Je ne pourrai avoir le plaisir de vous

ELLE SE PRÉCIPITA, LE BEC MENAÇANT

rencontrer ces jours-ci, car je pars pour Le Havre, au-devant de ma femme, qui y doit débarquer demain, du transatlantique *Ile-de-France*. J'espère que ma chère Viviane aura fait une bonne traversée. Quel bonheur qu'elle n'ait pas pris passage à bord du *Gigantic!* Je mourrais d'inquiétude! Je plains ceux qui ont des êtres chers sur ce paquebot.

« Je vous écrirai bientôt, cher ami, et je compte bien que vous nous ferez le plaisir de venir prendre une tasse de thé ; vous nous parlerez de vos travaux scientifiques et nous donnerez des nouvelles de Lilith, de Gontran, de Jacqueline et de Mathusalem.

« Affectueuse poignée de main, et mille amitiés. »

L'autre (la lettre recommandée) venait de Boston (Massachussets), Etats-Unis d'Amérique. Elle émanait d'un notaire nommé Elias Mac Grégor. — Pour mieux en saisir le sens, M. Balthazard alluma Cunégonde, sa bonne pipe; après quoi, il commença :

« Honorable Monsieur,

« C'est à grand'peine, et après de longues et minutieuses recherches, que j'ai pu réussir à découvrir votre adresse. Enfin, mes efforts ont été couronnés de succès et j'en bénis le Seigneur, ainsi que les agences de renseignements, les généalogistes, et mes confrères français qui m'ont aidé à la trouver.

« Je me félicite d'entrer en relations avec un gentleman aussi distingué que vous. Je regrette que ce soit à l'occasion d'un triste événement.

« Mon honorable client et ami, M. John Gilbert Milburne, votre cousin, est malheureusement décédé, il y a six mois.

« Il n'avait point été parfaitement heureux, bien qu'il fût un des plus riches industriels de la région. Peut-être n'ignorez-vous pas l'excellente qualité de ses produits? On l'avait surnommé glorieusement « le Roi du cirage » (prière de ne pas confondre avec un boxeur nègre, du plus beau noir, qui avait le même surnom).

« Autrefois déjà, il avait été fort affecté

de la mort, en bas-âge, de sa fille aînée, Mary. Puis il perdit une épouse tendrement chérie.

« Enfin, son fils, Thomas Stephen, tomba au champ d'honneur, en France, lors de la grande guerre.

« Heureusement, il lui restait une fille, Miss Grâce, qui est naturellement son héritière. Toutefois, mon honorable client a inséré dans son testament une clause qui vous intéresse.

« Permettez qu'avant de vous faire connaître ces dispositions, qui sont de la plus haute importance, je vous rappelle quels sont vos liens de parenté avec feu John Gilbert Milburne :

« Son grand-père, Abel Martin, qui épousa Kate Davidson, en eut deux enfants : Henri-Gilbert-Martin, qui mourut sans postérité, et Mary-Ellen Martin, qui épousa Edward Milburne. Ils eurent pour fils unique mon regretté ami John Milburne, dont Miss Grâce reste la seule descendante.

« Or, Abel Martin était le frère de votre arrière-grand-mère (dans la ligne maternelle) Philomène-Rose Martin, épouse de Félix Guillemot. Donc, J.-C. Milburne, et votre honorée mère, née Guillemot, étaient cousins issus de germains, et vous êtes cousin au 8e degré de Miss Grâce.

« Voici ce que le défunt, dans son testament, a disposé :

« Mon plus cher désir était d'emmener ma fille en France, ma patrie d'origine, et d'y rechercher mes parents, tout en lui faisant connaître Paris et les principales beautés de ce pays, « le plus doux qui existe sous le ciel ». Les affaires, et le mauvais état de ma santé, ne me l'ont pas permis.

« Je crois savoir que ma famille française n'est plus représentée maintenant que par un cousin, âgé d'une trentaine d'années.

« Je désire que ma chère fille aille vers lui. S'il pouvait lui plaire, et devenir son époux, tous mes vœux seraient comblés. Si cet espoir ne se réalise pas, je lègue néanmoins le quart de ma fortune à ce cousin, qui doit être, j'imagine, très élégant, parfait homme du monde, et d'une distinction suprême, à charge d'introduire sa cousine Grâce dans la meilleure société, de la guider dans l'élite du Tout-Paris, de la faire briller dans les salons les plus aristocratiques, et finalement de lui trouver un mari digne d'elle.

« Mais, au cas où il échouerait dans cette délicate mission, je lui lègue, à titre de souvenir, la somme de dix mille dollars, plus : la valeur de toutes les boîtes de cirage existant au jour de mon décès dans mes dépôts de France.

« Et je joins à ce modeste présent la bénédiction émue de son cousin, qui aurait bien voulu le connaître, et qui espère faire sa connaissance dans un monde meilleur. »

« Signé :JOHN-GILBERT MILBURNE. »

« Je n'ajouterai pas de commentaires à ces lignes nobles et belles, par lesquelles est ravivé mon chagrin.

« Je vous serais obligé de me faire savoir si vous acceptez votre part de cette succession, sous les réserves indiquées. A titre de renseignement, la fortune de John Gilbert Milburne est évaluée à environ cinquante millions de dollars.

« Quoi qu'il arrive, Miss Grâce a résolu de venir vous porter la bénédiction de son père. Elle doit (sauf contre-ordre de votre part), s'embarquer dans quelques jours sur le paquebot *Limbourg*, de la Holland America Line. Vous pouvez, si vous le jugez à propos, aller l'attendre à Boulogne. Elle portera, comme signe de reconnaissance, une boîte de cirage suspendue à un cordon noir. De votre côté, tenez ostensiblement un numéro du journal *l'Epoque*, auquel vous collaborez. (Cette circonstance a permis de vous retrouver plus facilement.)

« Et maintenant, cher Monsieur, permettez-moi d'exprimer le souhait que vous réalisiez le rêve de J. G. Milburne, et deveniez le mari de Miss Grâce. Je me flatte de penser que vous voudrez bien me témoigner la même confiance que votre cher cousin,

« Croyez-moi votre fidèlement dévoué,

« ELIAS MAC-GRÉGOR. ».

« Je me rappelle en effet vaguement, songea M. Balthazard, qu'on m'a parlé jadis d'un grand-oncle de ma mère, qui avait émigré en Amérique. Mais je ne pensais guère à lui. »

Pour lire plus commodément cette lettre, M. Balthazard s'était enfoncé dans son vieux fauteuil et avait posé ses deux pieds sur son bureau. Comme il avait chaud, il était resté en manches de chemise, et cette chemise (de nuit) largement ouverte, laissait voir son système pileux, très développé. Sa barbe et ses cheveux, très longs, attendaient avec impatience les soins du coiffeur.

« J'ai comme une idée, se dit-il en tirant de grosses bouffées de sa chère Cunégonde, que si, du haut du ciel, sa demeure dernière, mon pauvre cousin John-Gilbert Milburne peut apercevoir Bois-Colombes, et dans Bois-Colombes, mon « clos » et dans mon « clos », le nommé Balthazard (Nicéphore, ou par abréviation Nic), il doit me trouver moins élégant et moins parfait homme du monde qu'il ne croyait. »

A cet instant, la chatte noire, d'un bond, sauta sur l'épaule de son maître.

« N'importe, continua celui-ci, tentons la fortune; d'ailleurs, en mettant les choses au pis, j'aurai au moins dix mille dollars, ce qui n'est pas à dédaigner par le temps qui court, et une provision de cirage suffisante pour tout le reste de mon existence, même si je me chausse de bottes, et si je meurs centenaire. N'est-ce pas, petite tigresse? Je pourrais même, au besoin, cirer congrûment ta fourrure ténébreuse. Mais, je crois que tu es encore plus noire que la pâte du cousin de Boston. »

Lilith se mit à ronronner harmonieusement, comme pour dire que son pelage n'avait rien de commun avec le cuir des chaussures.

« Mais, j'y pense, poursuivit son maître

« ATHALIE, DÉCLARA POMPEUSEMENT M. BALTHAZARD, IL VOUS FAUT DÉSORMAIS APPORTER DIX FOIS PLUS DE SOINS QU'AUPARAVANT A MON LINGE ET A MA GARDE-ROBE »

cet excellent tabellion Yankee a tout simplement omis le point essentiel : quel est l'âge de ma chère cousine Grâce? Est-elle jolie, ou n'a-t-elle que la beauté de ses dollars? Son caractère est-il doux? ne serait-elle pas quinteuse, contrariante, irascible, ombrageuse, atrabilaire? Il est vrai qu'en raison de la profession paternelle, elle serait excusable de voir tout en noir... quelle horrible hypothèse me suggère ce mot? Et si cette cousine lointaine était de sang mêlé? Qui me dit que John Gilbert Milburne n'a pas épousé une négresse ou une mulâtresse? C'est peut-être pour cela qu'il récompensera si bien celui qui la conduira dans le monde? En tout cas, il me faut devenir (si je le puis), un beau cavalier, un gentilhomme accompli, un arbitre des élégances... Holà! Hé! Athalie! On ne sait jamais où elle est, celle-là! »

La vieille bonne parut quelques minutes après en maugréant :

« Malheur de mes jours! On est toujours dérangé, ici.

— Athalie, déclara pompeusement M. Balthazard, il vous faut désormais apporter dix fois plus de soin qu'auparavant à mon linge et à ma garde-robe. Je veux être, d'ici à quelques jours, l'homme le plus « chic » de Paris... ou tout au moins de Bois-Colombes. »

La servante ouvrait de grands yeux.

« Vous me comprendrez, expliqua-t-il, quand je vous aurai dit que je vais peut-être me marier avec une cousine américaine, très belle (je l'espère du moins), et très riche... »

Athalie leva les bras au ciel, puis marqua un doute assez offensant.

« Monsieur n'est pas un peu... indisposé? demanda-t-elle.

— Je ne daignerai pas relever des paroles si déplacées, répondit sévèrement M. Balthazard. Songez que je vais probablement succéder à mon futur beau-père, devenir le Roi du cirage... »

La bonne éclata de rire.

« Ce qui me rendrait archi-millionnaire... »

L'hilarité d'Athalie se changea en émerveillement.

« Grand Dieu! s'exclama-t-elle, comment faudra-t-il alors que je parle à Monsieur, s'il devient Roi?

— Eh! bien, vous me donnerez le titre réservé aux souverains, et qui convient particulièrement bien à un Roi du cirage : vous m'appellerez : Sire! »

IV

INQUIÉTUDES CROISSANTES. — PETITS MALHEURS EN ATTENDANT LES GRANDS

Après avoir médité quelque temps sur l'extraordinaire, mais heureuse aventure qui lui arrivait, et allait peut-être bouleverser (mais agréablement) sa vie, M. Balthazard reconnut qu'il lui fallait au plus vite : d'abord, se procurer un échantillon du cirage dont il héritait, et puis s'enquérir de la date à laquelle devait arriver en France le paquebot *Limbourg*, ayant à bord la cousine attendue.

Il écrivit donc, pour le journal *l'Epoque*, sa chronique sur les bolides de l'Atlantique, déjeuna de bonne heure, puis sortit dans sa bonne ville de Bois-Colombes. Il se rendit d'abord chez son cordonnier attitré; mais cet artisan ne connaissait pas le cirage Milburne. M. Balthazard plaignit cette ignorance, mais n'osa la blâmer. Un autre savetier, de caractère morose et de tempérament hypocondriaque, émit l'opinion impertinente que le cirage X... valait infiniment mieux que le produit demandé; à ces mots, le cousin du fabricant sentit une noble indignation l'envahir; peu s'en fallut qu'il ne vomît un torrent d'injures homériques au visage de ce rapetasseur stupide et enclin à la calomnie.

Il eut cependant l'énergie de se contenir, par un héroïque effort. Il se contenta de foudroyer d'un regard olympien cet individu répugnant, coupable de lèse-majesté; puis, lui tournant le dos, il sortit, sans lui dire au revoir, ni même adieu.

A Paris, la même scène faillit se renouveler; aussi M. Balthazard, ayant perdu toute confiance dans les modestes artisans de l'alène et du tranchet, décida de s'adresser à un grand magasin.

« Quelle est exactement la marque de fabrique? » lui demanda le vendeur.

Il dut avouer qu'il n'en savait rien.

Un bottier renommé lui déclara qu'il avait eu de ce cirage, mais que sa provision était épuisée.

Enfin, M. Balthazard trouva, dans un magasin américain, ce qu'il cherchait. Il empocha triomphalement la boîte, après avoir admiré la vignette qui l'ornait et qui représentait une jeune négresse. Il eût désiré faire immédiatement l'essai de ce produit, mais, en plein cœur de la capitale, ce n'était guère possible. Passant donc à la seconde partie de son programme, il se dirigea vers la rue Scribe, où se trouvent les bureaux de la White Star C°. Chemin faisant, il acheta des journaux. Les articles consacrés au *Gigantic* y tenaient une place de plus en plus grande :

« Bien qu'il soit angoissant, disait l'une de ces gazettes, de voir les heures et les jours s'écouler sans qu'aucune nouvelle nous parvienne, il serait insensé de désespérer. Souvent, en cas de graves avaries de machines, des navires sont restés longtemps isolés dans l'immensité des océans. Cela est bien plus rare, il est vrai, depuis que la télégraphie sans fil permet de lancer dans toutes les directions des appels de détresse; mais il peut arriver que les appareils transmetteurs soient endommagés par l'accident et que les signaux ne puissent être émis. C'est probablement le cas. Le fait que des postes de T. S. F. ont reçu des messages incohérents et incompréhensibles vient à l'appui de cette hypothèse. Gardons-nous donc de nous abandonner à des craintes injustifiées, ou, en tout cas, prématurées. »

Par contre, un autre journal déclarait :

« Nous ne chercherons pas à dissimuler que, dans les milieux maritimes, l'absence complète et inexplicable de toute nouvelle est jugée un fait extrêmement grave. Sans doute, au siège de la White Star Line, on affiche encore un optimisme de commande, mais nous ne pouvons nous empêcher, quant à nous, de redouter les pires éventualités. Les annales de la Marine ont trop souvent enregistré d'effroyables catastrophes, dont le mystère, en l'absence de tout survivant, n'a jamais pu être élucidé.

« Nous ne voulons pas dire qu'il en sera de même cette fois, mais que, jusqu'à plus ample informé, le sort du *Gigantic* inspire légitimement les plus vives inquiétudes. »

« Décidément, se dit M. Balthazard, c'est toujours l'histoire du Docteur Tant mieux et du Docteur Tant pis. Cela devient vraiment intéressant. »

Il était arrivé à l'angle de la rue Scribe et de la rue Auber. Une foule surexcitée se pressait devant les bureaux de la White Star Line, implorant des nouvelles. Mais les représentants de la Compagnie déclaraient ne rien savoir; ils se bornaient à éconduire courtoisement le public, avec des phrases rassurantes, d'ailleurs très banales.

M. Balthazard se dirigea vers l'Opéra, puis suivit les boulevards, flânant et fumant des cigarettes, qui lui faisaient regretter ses chères pipes; il acheta un livre scientifique, s'assit pour le feuilleter à la terrasse d'un café, où il sirota un grog, puis se rendit aux bureaux de *l'Epoque*.

Là, il ouvrit son courrier, parcourut les journaux et revues que la Direction mettait à sa disposition, puis relut sa chronique sur les bolides.

La porte s'ouvrit; c'était le secrétaire de rédaction, Noribert.

« Bonjour, Balthazard, dit-il en lui tendant deux doigts, je parie que votre article est consacré aux fameux météores?

— Naturellement, avec interview de M. Marion, l'astronome.

— Peuh! c'est bien usé! Coupez M. Marion. Il faut parler du *Gigantic* et des dangers qui menacent les grands paquebots. Tenez, lisez-moi ça! »

M. Balthazard prit le papier que lui tendait Noribert; c'était un filet découpé dans la dernière feuille de dépêches de l'agence Havas :

« Le Havre. — Le navire *Ile-de-France,* le plus récent et le plus grand bâtiment de la Compagnie Transatlantique, n'est pas arrivé dans notre port hier, comme il l'aurait dû, et aucun radiogramme n'en a été reçu. Son départ de New-York avait eu lieu sans le moindre incident. Le commandant, M. Marcel Sever, est un marin très expérimenté. Jusqu'ici, le retard est insignifiant; mais, en raison des inquiétudes qu'inspire le sort du *Gigantic,* on ne peut s'empêcher de concevoir des craintes, qui, espérons-le, seront bientôt dissipées. »

« Oh! Oh! très curieux, en effet, déclara M. Balthazard. Il semble qu'il y ait là quelque chose de réellement étrange. Signale-t-on encore de ces indéchiffrables messages sans fil dont l'origine n'a pu être déterminée?

— Oui, voici une autre dépêche qui les concerne.

— Très bizarre! Tout cela m'intrigue beaucoup. Je ne puis naturellement donner le mot de l'énigme à nos lecteurs, mais je vais leur parler des grands drames de la mer, et des naufrages célèbres. Le temps de faire un saut jusqu'à la Bibliothèque Nationale.

— Bien. Vous ajouterez, comme de juste, pour ne pas effrayer le public inutilement, qu'il n'y a pas lieu de trop s'alarmer.

— Certes; mais, entre nous, je crains bien que nous ne revoyions jamais le *Gigantic,* ni *l'Ile-de-France.* Je flaire quelque chose de sensationnel et de terrible.

— Puissiez-vous vous tromper! A tout à l'heure! »

Le chroniqueur scientifique de *l'Epoque* se dirigea donc vers la rue de Richelieu, et s'installa dans la salle de travail de la Bibliothèque, où il modifia et compléta sa chronique en se conformant aux indications de Noribert. Il eut bien soin de tenir la balance égale entre l'optimisme et le pessimisme, de manière à passer pour prophète, s'il s'agissait vraiment d'une catastrophe, et à n'être pas ridicule, au cas où les navires arriveraient à bon port. Il laissa entendre néanmoins que ces événements, si les craintes qu'on avait se confirmaient, pourraient bien poser des problèmes tout à fait passionnants pour la science.

Il revint à *l'Epoque,* remit son article au secrétaire de rédaction, qui s'en déclara satisfait, puis reprit le chemin de la gare Saint-Lazare.

Soudain, il se frappa le front.

IL VIT ATHALIE QUI ÉPOUSSETAIT VIGOUREUSEMENT

« Etourdi que je suis! J'oublie ma chère cousine. Qu'elle me pardonne cette distraction impardonnable! »

Et il se précipita vers les bureaux de la ligne Holland America, rue Scribe, presque en face de l'agence commune de la White Star Line, de la Red Star Line, de l'American Line et d'autres Compagnies.

Là, il apprit que le paquebot *Limbourg* devait relâcher à Boulogne-sur-Mer le surlendemain. Il n'y avait pas de temps à perdre.

Une horrible pensée, qui ne lui était pas encore venue, s'imposa tout à coup à son esprit :

« Pourvu que le *Limbourg*, lui aussi, ne soit pas retardé par un accident mystérieux ! Pourvu, surtout, qu'il ne se perde pas en mer ! avec la cousine Grâce, que j'imagine aussi accomplie que jolie ! Ce serait effroyable ! Qui sait ? J'hériterais peut-être, en ce cas, de toute la fortune de John Gilbert Milburne ? Mais non, ma cousine a sans nul doute fait déjà son testament ; d'ailleurs, j'aimerais mieux mourir moi-même que de devoir la richesse à la mort d'une délicieuse jeune fille, même si elle n'était pas ma parente ! Que toutes les étoiles de la bannière américaine la protègent et guident sa route ! »

De l'autre côté de la rue, des gens se pressaient encore devant les bureaux de la White Star, pour demander des nouvelles du *Gigantic*. De guerre lasse, on ferma la porte et l'on baissa les volets d'acier.

Devant la Compagnie Transatlantique, rue Auber, il n'y avait personne ; on ne connaissait pas encore le retard de *l'Ile-de-France*.

« Qui donc m'a parlé de ce navire ? » se demandait M. Balthazard et il ne pouvait se le rappeler.

Enfin sa mémoire, un peu engourdie, répondit à cette question, comme il montait, à la gare, l'escalier qui mène à la salle des Pas-Perdus.

« Eh ! parbleu, c'est Georges de la Blanchère, dans sa lettre, que j'ai reçue ce matin, en même temps que celle du notaire de Boston. C'est Mme de la Blanchère qui est à bord de l'*Ile-de-France*. Diable ! J'espère qu'il ne lui arrivera pas malheur ! Le désespoir de Georges serait affreux ! Ce jeune ménage est si uni ! Heureusement la belle Viviane, dont je connais l'exceptionnelle énergie, est capable d'affronter tous les périls. Ayons confiance. »

M. Balthazard rentra un peu préoccupé à son « clos » rustique. En pénétrant dans la maison, il vit Athalie, qui époussetait vigoureusement, dans son cabinet de travail.

« Bien », songea-t-il.

Mais, une seconde après, un bruit attristant retentit à ses oreilles ; la bonne, d'un coup de plumeau malencontreux, avait fait tomber Zéphyrine, la vieille pipe de terre, qui s'était fracassée sur le parquet.

« Malheureuse ! cria M. Balthazard, qu'avez-vous fait ? Casser ma pipe ? Quel sinistre présage !

— C'est que Monsieur l'avait mal accrochée, répliqua la servante avec une imperturbable assurance.

— Une pipe si bien culottée ! Me voici veuf de ma chère Zéphyrine !

— Ça n'a pas d'importance !

— Vous trouvez ? Vous allez un peu fort !

— Dame ! Il faut bien que Monsieur soit veuf, pour épouser sa cousine américaine ! »

V

M. BALTHAZARD VOYAGE

Bien que M. Balthazard, par un véritable pressentiment, ou une intuition naturelle, ou simplement un remarquable pouvoir de déduction favorisé par les circonstances, eût deviné qu'il devait se passer des choses extraordinaires et qu'il allait en arriver de plus étranges encore, il n'avait pas idée, avouons-le, des prodigieux événements qui allaient se dérouler, et dont l'histoire complète et authentique n'a pu être définitivement mise au point, après les plus longues et les plus minutieuses recherches, que dans ce livre.

Il serait fastidieux de donner la bibliographie de tous les ouvrages, revues, journaux et documents divers, que nous avons compulsés. Qu'on nous permette seulement de citer quelques-unes des principales sources : *Journal Officiel* de la République Française (pour les lois et décrets promulgués en vue de faire face aux nécessités d'une situation affolante) et comptes rendus des débats parlementaires où furent prises les graves décisions que commandaient des heures si tragiques ; publications officielles similaires des Gouvernements du Royaume-Uni et des Etats-Unis d'Amérique, par exemple : le *Congressional Record*, et le *Consular Record*, de Washington ; le *Bulletin* de l'Académie de Médecine : les *Comptes rendus* de l'Académie des Sciences ; le *Bulletin astronomique* de l'Observatoire de Paris ; la *Revue des Deux-Mondes ;* la *Revue Mondiale ;* les revues la *Nature*, l'*Astronomie*, la *Revue Rose ;* le *Journal de Chimie Physique* et autres publications scientifiques.

Citons encore, pêle-mêle : le *Times*, le *Daily Mail*, l'*Edimburg Review*, le *New-York Herald*, le *World*, l'*Evening Journal*, le *Mac Clure's Magazine, the Astro-physical Journal, The Observatory*, de New-York, le *Diario de Noticias*, de Lisbonne, le *Jornal do Commercio*, de Rio de Janeiro, *la Prensa*, de Buenos-Ayres.

Une mention spéciale est due aux remarquables articles publiés dans l'*Epoque*, par M. Balthazard, et dans le *Mascarille*, par Georges de la Blanchère, qui tous deux avaient été les témoins oculaires de la plupart de ces faits inimaginables. De même, au livre admirable de M. Marion : *Les leçons d'une épouvantable alerte*.

Nous ne saurions omettre de rendre justice aux ouvrages étrangers qui ont paru sur le même sujet, par exemple:

World's Danger, par le major Jolly; *Aréanthropico Drama,* par M. da Silva, l'éminent savant brésilien; *De Aréanthropssche Gevaar,* par M. van Geendorp, l'astronome hollandais.

Bien d'autres travaux ont paru sur l'aventure inouïe qui faillit amener, sinon la fin de la terre, du moins la disparition de l'humanité. Nous ne pouvons les citer tous; nous omettons, à dessein d'ailleurs, les ridicules élucubrations de quelques moralistes, au jugement desquels il eût mieux valu que le genre humain succombât, pour être remplacé par une race moins grossière, moins ignorante et moins criminelle. Nous pensons que la destinée de l'humanité doit être plutôt d'évoluer, de se perfectionner lentement, au cours de nombreux milliers d'années.

Nous sommes plus éloignés encore d'admettre le point de vue véritablement monstrueux de M. le Dr von Fidibus, de l'Université de Berlin. Ce pseudo-savant n'a pas craint de soutenir dans son livre : *Weltwiederherstellung,* que l'Allemagne aurait dû profiter du désarroi universel pour s'allier avec les surhumains ennemis du genre humain (si nous osons risquer cette antithèse), exterminer, avec leur aide, tous les autres peuples et régénérer la terre, sous un gouvernement germano-aréanthropique. Ce défi à toute civilisation ne mérite que la réprobation universelle.

Nous nous en tiendrons à la conclusion de M. Marion, qui, tout en vitupérant avec son ardeur ordinaire la sottise, l'ignorance, la routine et les mauvais instincts des hommes, appelle seulement de ses vœux le triomphe, hélas! encore lointain, du Progrès. Il se borne à conjurer nos descendants de ne jamais oublier ce drame terrible et de prendre pour guides la Justice et la Bonté, avec d'autant plus d'enthousiasme que la cruauté de certains de nos semblables a failli provoquer notre anéantissement à tous.

Nous espérons avec lui que l'humanité future sera moins malfaisante que celle d'hier et celle d'aujourd'hui.

Mais nous reviendrons en temps utile sur ces graves considérations. Pour le moment, la conscience de l'historien nous oblige à continuer d'enregistrer les faits et gestes de M. Balthazard, chose indispensable pour l'intelligence de ce qui suivit.

Donc, le lendemain, il fit sa valise, puis partit pour Boulogne-sur-Mer. L'énigme du *Gigantic,* à laquelle s'ajoutait celle de *l'Ile-de-France,* préoccupait de plus en plus les esprits et faisait l'objet, dans tous les journaux, de longs articles surmontés de « chapeaux » énormes. On ne recevait aucune nouvelle de ces deux navires, et l'inquiétude s'était transformée en angoisse. puis en affolement. Les postes de T. S. F. recevaient toujours des communications indéchiffrables; tous les appareils, ainsi que les boussoles, et même certaines lignes téléphoniques, éprouvaient de singulières perturbations; de même les récepteurs de téléphonie sans fil.

Fait plus étrange encore : le commandant, comme d'ailleurs les officiers, les passagers et l'équipage du steamer *Nigeria,* de la Compagnie Cunard, qui venait de relâcher à Cherbourg, déclaraient avoir observé d'extraordinaires phénomènes, analogues aux aurores boréales, mais *dans la direction du sud;* c'étaient des lueurs rougeâtres, ne ressemblant à aucun des météores connus, et qu'on n'avait pas vues s'éteindre.

M. Balthazard eût vivement désiré faire une enquête sur place, c'est-à-dire en plein océan, au sujet de ces mystérieux phénomènes, mais il ne le pouvait, pour deux raisons : d'abord, parce qu'il s'estimait moralement obligé d'aller attendre sa cousine à Boulogne, et puis, parce qu'il était douloureusement sujet au mal de mer. Il ne s'était risqué sur les flots qu'une fois, entre le Havre et Trouville, par mauvais temps, il est vrai; et ses entrailles en avaient été si bouleversées, tordues et déchirées, qu'il avait juré par Neptune de ne pas se risquer une seconde fois sur la plaine liquide et perfide.

Quand il arriva dans l'antique port de Boulogne-sur-Mer, la pluie tombait avec une abondance et une insistance déplorables.

« C'est bien ma chance ordinaire, se dit-il; il fallait vraiment que j'eusse un temps à ne pas mettre un crapaud dehors! »

Il avait horreur de la pluie presque autant que sa chatte Lilith.

Le *Limbourg* était signalé; bientôt ses passagers débarquèrent, presque exactement à l'heure prévue. Tout allait bien.

M. Balthazard se posta, en maugréant, à l'endroit le plus propice pour guetter les voyageurs; il avait eu soin, conformément aux indications du notaire Elias Mac Gregor, de se munir d'un numéro du journal l'*Époque* et le portait ostensiblement: mais cette malheureuse gazette, copieusement arrosée par la pluie, ressemblait à un chiffon sale.

Les gens défilaient, avec l'air morne ou révolté, suivant leur caractère, des infortunés qui viennent de subir le supplice de la Douane, renouvelé des temps barbares.

Soudain, parut une personne d'un âge incertain, anguleuse, disgracieuse et hargneuse, au regard inquisiteur et malveillant, sous un binocle d'or aux gros verres ronds. Elle portait, suspendue à sa main gauche, une boîte de cirage.

« En croirai-je mes yeux? songea M. Balthazard. Est-ce bien ma cousine? Apparemment. Allons, courage! »

Et il s'avança intrépidement.

Mais déjà la voyageuse, qui avait reconnu le journal l'*Époque,* venait vers lui.

en demandant avec un accent assez fort : « Monsieur Balthazard, *please?*

— Lui-même, dit-il, en s'inclinant. Comment se porte ma chère cousine?

— Votre cousine se porte bien, répondit sèchement l'Américaine. Mais ce passage à la douane est exaspérant! C'est honteux, scandaleux, infâme! N'auriez-vous pu m'en faire dispenser?

— Hélas! mon pouvoir ne va pas jusque-là.

— Et ce temps abominable!

— Ma foi, je n'ai pas réussi non plus à empêcher la pluie de tomber. Il faut se résigner à l'inévitable, ici-bas. La vie est triste. J'ai été très affligé d'apprendre le décès de mon cousin.

— Oh! ne vous croyez pas tenu à des condoléances qui ne peuvent être sincères. »

M. Balthazard rentra en lui-même, comme un escargot dont on touche l'appendice oculaire.

« Décidément, songea-t-il, la cousine est franchement insupportable. J'ai grande envie de m'en aller. Je préfère la compagnie de Lilith, de Jacqueline, de Gontran, de Mathusalem et même d'Athalie. »

Cependant, par acquit de conscience, il demanda :

« Puis-je vous être utile? Vous désirez peut-être vous restaurer? Avez-vous des billets à prendre? Des renseignements vous sont-ils nécessaires?

— Vous me croyez par trop inintelligente, répliqua-t-elle. Je n'ai besoin de rien, merci. Tout est prévu, tout est prêt. J'ai mon billet. Je désire monter au plus tôt dans le rapide de Paris, qui va bientôt partir. »

M. Balthazard offrit galamment le bras à sa compagne, mais elle eut l'air de ne pas s'en apercevoir et refusa de même de lui confier son sac de voyage, qu'il offrait naturellement de porter.

Sitôt montée dans le compartiment, elle s'installa confortablement dans un coin, et, congédiant du geste M. Balthazard, déclara péremptoirement :

« Je suis très lasse. Laissez-moi reposer un moment. J'ai sommeil.

— C'est trop naturel », acquiesça-t-il.

Et il s'empressa de sortir dans le couloir, joyeux comme un prisonnier qui a réussi à s'évader d'un cachot sombre et glacé.

Au plaisir d'être délivré d'une compagnie désagréable, s'ajoutait celui de fumer une bonne pipe.

« Enfin seuls, ma vieille Cunégonde! s'écria-t-il (mentalement); tu m'es plus chère encore, depuis que cette pauvre Zéphyrine a été tuée par l'imprudence d'Athalie ».

Et, sans souci des regards plutôt réprobateurs d'autres dames qui se tenaient dans le couloir, il se mit à lancer de grosses bouffées de fumée, comme s'il eût voulu faire concurrence à la locomotive. Mais il avait pris la précaution de se tenir hors de la vue de sa compagne de voyage.

Au moment où il finissait avec délices et regret la meilleure pipe qu'il eût savourée depuis longtemps, il sursauta. La dormeuse s'était éveillée déjà, et venait le rejoindre. Vite, il remit sa pipe dans sa poche, au risque d'incendier son veston.

« Pouah! fit-elle, quelle affreuse odeur de tabac!

— C'est vrai, avoua-t-il hypocritement; l'air en est empesté! »

Ils rentrèrent.

« Mais qu'avez-vous donc dans votre poche? » s'exclama-t-elle.

Horreur! c'était le tuyau de Cunégonde qui dépassait.

« C'est un appareil qui me servira pour des expériences de chimie », répondit avec aplomb M. Balthazard.

Et, pour détourner la conversation, il demanda :

« N'avez-vous pas, ma cousine, d'autre prénom que celui de Grâce, qui vous convient si bien?

— Monsieur, répliqua-t-elle, vous cherchez vraisemblablement à m'exaspérer. Je ne suis pas votre cousine, mais sa gouvernante, Mistress Papacock, veuve d'un comptable de la maison Milburne, un homme excellent, trop tôt disparu de ce bas-monde.

— L'infortuné! Il est sûrement plus heureux là-haut!

— J'ai été choisie pour diriger l'éducation de Miss Grâce, après la mort de sa mère.

— Pauvre cousine! Mais comment se fait-il qu'elle ne soit pas venue avec vous, comme elle en avait l'intention? Rien de fâcheux ne lui est arrivé, j'espère?

— Rien, mais elle a été retardée par des affaires concernant la succession, et n'a pu prendre le *Limbourg*. Elle a voulu néanmoins que je partisse, pour vous porter ses affectueuses amitiés.

— Que vous avez si aimablement exprimées.

— Et choisir pour elle un appartement meublé.

— Bon. Eh! bien, Mistress Papacock, enchanté de faire votre connaissance. J'espère qu'en attendant, vous accepterez l'hospitalité de mon... »

Il allait dire : de mon « Clos Sans-Façon », mais il se reprit à temps :

«... de ma modeste villa, près de Paris, à Bois-Colombes.

— Habiter sous le même toit qu'un gentleman célibataire! Jamais, ce serait *shocking!*

— Alors, j'espère que vous voudrez bien, tout au moins, venir la visiter. Je vous présenterai mes petites amies Jacqueline et

« MONSIEUR BALTHAZARD, PLEASE ? »

Lilith, ainsi que mes vieux camarades Gontran et Mathusalem.

— Oui, si toutefois ces jeunes personnes sont de bonne compagnie, et si vos camarades sont bien élevés.

— Certes! Jacqueline a l'âme aussi blanche que sa robe, Mathusalem est très sérieux; quant à Lilith et à Gontran, tous deux sont graves et doux, et toujours vêtus de noir. »

VI

LE « CLOS » REÇOIT UNE VISITEUSE

En rentrant à Bois-Colombes, M. Balthazard trouva le télégramme suivant, de l'honorable Elias Mac Gregor :

« Miss Grâce débarquera à Cherbourg, par steamer *Zoulouland*, Red Star Line ».

« Bon, se dit-il; encore un voyage en perspective. Mais celui-là sera plus agréable que l'autre; je me plais du moins à l'espérer. »

En attendant, il s'empressa de téléphoner à l'agence de la Red Star Line; le *Zoulouland*, lui fut-il répondu, devait faire escale à Cherbourg, cinq jours après. On avait encore le temps d'aviser.

Il se mit en devoir de préparer son logis à recevoir dignement Mistress Papacock, qui avait promis de venir le visiter le lendemain.

On nous croira sans peine si nous ajoutons que le Clos de M. Balthazard était un peu négligé; un aimable laissez-aller, auquel Athalie ne remédiait que rarement, et que son maître tolérait, parce qu'il avait horreur de s'occuper des choses du ménage, s'y faisait remarquer.

M. Balthazard entreprit donc de rendre plus présentable sa villa , sa cour, son jardin, sa buanderie. Il enjoignit à l'indolente servante de balayer, d'épousseter, astiquer, frotter avec ardeur et persévérance. Il condescendit d'ailleurs à l'aider, ce qu'il fit avec plus de vigueur que d'habileté. Toutefois, il enleva des monceaux de poussière, grâce à un aspirateur électrique dont il était possesseur; mais il s'en servait rarement, faute de loisir, et Athalie ne savait pas faire fonctionner cette machine, qui lui faisait peur.

Bien mieux, croyant discerner que le pelage de Lilith était quelque peu poussiéreux, M. Balthazard promena l'appareil sur la noire fourrure de la chatte, qui s'enfuit en poussant des : pff... pff... indignés.

Puis il se rappela qu'à l'un des deux piliers qui soutenaient la grille de sa propriété, des briques avaient besoin d'être rescellées. Il prit aussitôt son auge, sa truelle, son arrosoir et un vieux reste de ciment, puis, revêtu d'un tablier qui ne craignait plus rien, il dressa un escabeau contre le pilier à réparer. Ayant dûment versé dans l'auge le ciment et l'eau, il gâcha vigoureusement le mélange, si vigoureusement que des éclaboussures en rejaillirent sur un ouvrier qui passait dans la rue.

« Maladroit! propre à rien! rugit le passant ainsi maculé.

— Monsieur, répondit le maçon amateur avec la plus exquise politesse, je vous suis bien obligé de vos compliments; mais cela suffit; ne m'en adressez plus; ma modestie souffrirait d'entendre des paroles si flatteuses.

— Descendez donc de votre échelle, si vous avez du sang dans les veines!

— Impossible, cher Monsieur, de répondre à votre aimable invitation, j'attends la visite d'une dame! Mille regrets! »

L'ouvrier s'éloigna, en grommelant des mots indistincts, mais dont le sens général était clair; c'est à savoir que la dame en question avait bien mauvais goût pour aller visiter l'habitant du « Clos Sans-Façon ».

M. Balthazard, sans attacher la moindre importance à cet incident, termina congrûment son travail de maçonnerie, puis passa incontinent à un autre exercice.

Ayant débouché le tuyau obstrué du jet d'eau de son bassin, il réussit à en faire jaillir une mince colonne liquide, non sans avoir arrosé, par ricochet, Jacqueline, qui avançait trop près un bec trop curieux, et qui protesta bruyamment contre cette douche imprévue. Par mesure de précaution, son maître la relégua dans la basse-cour et l'y emprisonna.

Il s'agissait ensuite de repeindre quelques boiseries sales ou décolorées à l'excès et de passer au minium des ferrures exposées à la rouille. M. Balthazard prit les pinceaux de peintre « en bâtiment » et s'évertua vaillamment à étendre des couches plus ou moins régulières de gris clair, de noir d'ivoire, ou de « vert jardin », non sans tacher abondamment son tablier. Il enduisit de minium, avec le même entrain, diverses pièces métalliques, notamment une plaque de fer, dont il se servait pour obstruer en partie le soupirail de sa cave par lequel s'introduisaient des rats fort indiscrets et gloutons.

Il fit encore d'autres travaux, dont l'énumération serait fastidieuse, et s'en tira, comme d'habitude, adroitement, mais non sans quelques mécomptes, dus à deux causes: à son manque de patience et à la fantaisie dont il faisait preuve en toute occasion.

Puis il s'avisa, judicieusement, qu'il était nécessaire, ou du moins convenable, de modifier le nom de sa villa, car l'appellation de

« Clos Sans-Façon » eût pu paraître à la visiteuse, et par conséquent à la cousine Grâce, un peu triviale. Mais quel autre nom choisir? C'était très embarrassant; villa « Belle-Vue? » Impossible, car on ne voyait, même des fenêtres à tabatière du grenier, que des toits de tuile, des câbles électriques, des cheminées d'usines et les signaux, poteaux et fils télégraphiques du chemin de fer. Choisir un nom d'arbre : « Les Marronniers, les Lilas, les Rosiers... »? M. Balthazard, malheureusement, avait des arbres de toute espèce, sans qu'aucune essence forestière prédominât. Il compta un marronnier, un tilleul, une épine rose, deux buissons de lilas (qui, d'ailleurs, n'avaient jamais la force de fleurir), un seringa, deux troènes, deux vernis du Japon (a-t-on jamais vu un pavillon s'appeler « Les vernis du Japon? ») et des fleurs plus diverses encore.

D'autre part, un prénom féminin n'eût pas été justifié, à moins de prendre celui de la bonne, qui ne méritait pas cet honneur, et « Villa Esther » ou « Athalie », eût pu sembler l'enseigne d'un pensionnat de demoiselles. A cette pensée, M. Balthazard éclata de rire; en fait de « petites oies blanches », il n'y avait que Jacqueline, ce qui était insuffisant.

En fin de compte, il arrêta son choix sur le nom de : « Villa Bon Repos ». Il l'écrivit aussitôt sur une feuille de papier fort, qu'il colla sur la plaque émaillée où se lisaient les mots trop familiers « Clos Sans-Façon ». L'effet n'était pas très artistique, mais bah! la perfection n'est pas de ce monde.

Entre temps, M. Balthazard se plongeait dans la lecture des journaux du matin, du midi et du soir. Il n'y avait toujours rien de nouveau pour le *Gigantic*, ni *l'Ile-de-France*. Dans les milieux maritimes, on était affolé. Il devenait de plus en plus difficile de conserver le moindre espoir. Mais cette *double* catastrophe (s'il y avait catastrophe), paraissait inexplicable. Un navire peut se perdre corps et biens, sans qu'un seul survivant en réchappe; mais comment admettre que deux grands navires disparaissent en même temps, dans les mêmes conditions? Il y avait là un mystère effrayant.

Le lendemain matin, le *Mascarille* annonçait que son chroniqueur scientifique, Georges de la Blanchère, ayant à bord de l'*Ile-de-France* une personne qui le touchait de très près, devait suspendre momentanément sa collaboration; le malheureux, fou d'angoisse, se livrait aux recherches les plus fiévreuses, pour tenter de recueillir des nouvelles du paquebot en détresse.

Jusqu'alors, ses investigations étaient restées vaines, et les appels qu'il faisait lancer par T. S. F. n'obtenaient aucune réponse. La double énigme restait entière.

« Pauvre Georges! Pauvre Viviane! » murmura M. Balthazard.

Et il se prit à songer cruellement :

« Quel dommage que Mme de la Blanchère n'ait pas pris passage sur le *Limbourg*, et Mrs Papacock sur l'*Ile-de-France!* »

Mais, repoussant cette mauvaise pensée, il attendit de pied ferme la visite de la maussade gouvernante de Grâce Milburne.

Peu avant l'heure à laquelle cette austère personne devait se présenter à la « Villa Bon Repos », il jeta un dernier coup d'œil sur le jardin, et constata, non sans déplaisir, que les allées en étaient souillées par les incongruités de Mathusalem. Déjà, il avait mis, pour honorer la visiteuse, sa redingote et son chapeau de soie haut de forme; n'importe, il revêtit en hâte son tablier de jardinier; il s'arma d'une pelle à main et d'un bâton et commença de recueillir consciencieusement ces ordures, qu'il déversait sur les corbeilles de fleurs, afin de fumer la terre, la merveilleuse chimie de la Nature se chargeant de transformer cette pourriture immonde en parfums suaves.

Il n'avait même pas fait la moitié de sa tâche, que la sonnette carillonna.

M. Balthazard se précipita et ouvrit; toutefois il eut la présence d'esprit de lancer la malencontreuse pelle dans un magnifique champ d'orties, qu'il cultivait soigneusement, pour donner à ses poules une verdure agréable et salutaire.

Mais il avait totalement oublié le tablier qu'il portait et que maculaient des taches multicolores de peinture.

Mrs Papacock, voyant ce jardinier-peintre en chapeau haut-de-forme, fit une mine assez étonnée.

« Je vous dérange? demanda-t-elle.

— Nullement, au contraire.

— J'ai failli ne pouvoir trouver votre villa. Le numéro est si peu visible! Je vous signale à ce propos, que la pancarte indicatrice a été endommagée. »

M. Balthazard jeta un coup d'œil inquiet sur l'endroit où il avait collé le papier « Villa Bon Repos ». O stupeur! une main malveillante en avait arraché la moitié droite; on lisait maintenant : « Villa..... Façon ».

A ce moment, des cris perçants se firent entendre; M. Balthazard rentrant dans son domaine, vit que le corbeau attaquait à coups de bec les pieds de Mrs Papacock.

« Paix, Gontran! lui dit-il. Veux-tu bien être raisonnable !

— C'est l'ami dont vous m'avez parlé? » fit-elle, avec un sourire méprisant.

Il se félicita d'avoir enfermé, dans le poulailler, Jacqueline, qui ne pouvait souffrir les visages nouveaux.

« Entrez donc, chère Madame! dit-il. Vous êtes la bienvenue en ce logis.

— Je vous autorise, répondit-elle à enlever votre tablier.

— C'est vrai! J'oubliais! Mille excuses! »

Il introduisit la gouvernante dans son cabinet de travail.

« Vous me pardonnerez, dit-il, de ne pas

vous recevoir au salon ; mais on y travaille en ce moment. »

La vérité, c'était que cette pièce, dont M. Balthazard se servait fort peu, était toute encombrée de livres, de papiers, de journaux ou revues, et même d'appareils électriques ou autres. Pour faire place nette, il eût fallu toute une équipe de déménageurs et M. Balthazard n'osait même plus songer à entreprendre ce travail, digne d'un nouvel Hercule.

Son cabinet, d'ailleurs, n'avait rien à envier au salon comme désordre. Le bureau lui-même était tellement couvert de paperasses, qu'il faisait penser à un paysage d'automne, dans une forêt dont les arbres auraient eu leurs feuilles (de papier) jetées à terre par les bourrasques de novembre.

Mrs Papacock regardait avec dégoût le fameux râtelier aux pipes, auquel M. Balthazard avait noué un fragment de cravate noire, en signe de deuil, après la triste fin de Zéphyrine.

« J'avoue, dit-il, que mon cabinet manque un peu d'ordre.

— Un peu... vous êtes modeste ! » répliqua sardoniquement l'Américaine.

Tout à coup, Lilith, à son habitude, sauta sur le bureau ; chose étrange, ses pattes laissaient sur tous les papiers qu'elle piétinait, des taches rouges, et le bout de sa queue était également rouge.

Mrs Papacock poussa un cri d'effroi.

« Qu'est-ce que cette bête diabolique ? Chassez-la, Monsieur !

— Que je chasse ma petite amie Lilith ? Plutôt mourir ! Mais qu'a-t-elle donc ? du sang ? Ah ! si quelqu'un l'a blessée, je tirerai de ce crime une vengeance exemplaire. Mais non, je vois ce que c'est ; elle a dû se promener sur la plaque de fer que j'avais passée au minium. Il faut que je lui lave les pattes et l'appendice caudal à l'essence de térébenthine. C'est urgent. »

Mrs Papacock haussa les épaules.

« De vous deux, ce n'est pas cet animal qui est le plus bête !

— Merci ! Vous auriez pu dire : de nous trois.

— Vous m'insultez, Monsieur ! Je vais en rendre compte à Miss Grâce, par radiogramme au paquebot *Zoulouland*. Dieu la préserve d'épouser un..... »

Mais soudain, fort opportunément, la sonnerie du téléphone retentit.

« Allo ! c'est vous, Balthazard ? Ici, Noribert, secrétaire de l'*Epoque*. L'affaire des bateaux se corse de plus en plus ; cela vous promet de belles chroniques.

— Qu'y a-t-il donc ?

— Le navire *Dakota*, de l'American Line, radiotélégraphie qu'en mer, il a reçu l'appel de détresse suivant, d'un paquebot de la Red Star :

— « S. O. S. Danger mystérieux et terrible. Au secours ! Sommes en détresse par latitude... »

— Eh bien ?

— Là s'arrêtait malheureusement le radiotélégramme, interrompu par une cause inconnue. On n'a donc pu rejoindre le paquebot.

— Et comment s'appelle-t-il ?

— Le *Zoulouland !* »

VII

COMMENT ON ORGANISA UNE EXPEDITION

Cette fois, M. Balthazard était bouleversé.

« C'est fantastique, inimaginable ! et surtout, c'est affreux ! »

Dans son trouble, il oubliait de communiquer à Mrs Papacock la terrible nouvelle.

« Eh ! bien, demanda-t-elle, que vous a-t-on appris, qui vous affecte à ce point ? Qu'y a-t-il ?

— Il y a, répondit-il, que la série noire continue, que l'énigme devient de plus en plus tragique. Après le *Gigantic*, l'*Ile-de-France*, après l'*Ile-de-France*, le *Zoulouland*...

— Qu'est-il arrivé au paquebot sur lequel se trouve Miss Grâce ? »

M. Balthazard répéta ce que Noribert lui avait téléphoné.

Alors Mrs Papacok fut prise d'une si violente émotion qu'elle poussa un gémissement à rendre l'âme, se renversa en arrière sur un fauteuil et perdit connaissance un instant.

M. Balthazard s'empressa de l'éventer avec le buvard sur lequel il avait coutume d'écrire, puis se mit en devoir de donner de l'air à l'intéressante malade, qui semblait étouffer ; mais bientôt elle rouvrit les yeux, et le repoussa.

« *Shocking !* cria-t-elle. Vous vous conduisez de la manière la plus inconvenante ! laissez-moi, Monsieur !

— Rassurez-vous, répondit M. Balthazard ; en vous donnant mes soins, je n'ai écouté que mon courage ; vous n'avez rien à redouter, ni de moi ni de personne.

— Il faut sauver votre cousine, Monsieur ! Je vous en conjure, par tout ce que vous avez de plus sacré !

— Certes, je n'épargnerai rien pour cela, croyez-le bien. Vous avez pu me juger frivole et frondeur ; mais, au fond, je suis très sérieux. Nous sommes ainsi, nous autres Français. Pardonnez-moi quelques gamineries de mauvais goût et collaborons, pour arracher ma pauvre cousine au péril inconnu dans lequel elle se trouve.

— Oui; unissons nos efforts; oubliez que j'ai été, peut-être, assez peu aimable envers vous; et voyons ce que nous pourrions faire.

— Le mieux, je crois, serait de frêter un navire et de nous mettre à la recherche des trois paquebots disparus.

— C'est bien mon avis. La dépense ne doit pas nous arrêter. Miss Grâce, en prévision de toute éventualité, m'a ouvert un compte illimité à sa banque, l'*American and Foreign Banking C°*.

— Cela nous sera fort utile. D'ailleurs, il me vient une idée. Tous les journaux se passionnent pour cet effroyable mystère. Or, nous sommes deux journalistes personnellement intéressés dans ce drame : Georges de la Blanchère et moi. Peut-être nos directeurs pourraient-ils organiser la croisière dont il s'agit et en assumer partiellement les frais? Les informations — certainement sensationnelles — que nous recueillerons — seront naturellement réservées au *Mascarille* et à l'*Epoque*.

— Très bien. Chacune de ces gazettes pourrait prendre un tiers de la dépense, et moi, je fournirais le dernier tiers.

— Parfait. Je verserais moi-même ce que je pourrais, mais la somme serait, hélas! modeste.

— Votre concours personnel nous sera plus utile que votre contribution pécuniaire. Entreprenons dès maintenant nos démarches, et réfléchissons sur les détails d'organisation de notre difficile entreprise.

— Mais, j'y pense, Madame, l'expédition sera pleine de difficultés, et probablement, de dangers. Mieux vaut que vous n'y preniez point part.

— Il n'importe! Je les affronterai comme sait le faire une Américaine.

— Bravo! Pour sceller notre réconciliation, permettez-moi de vous serrer la main. »

Mrs Papacock acquiesça aussitôt à cette demande; les nouveaux amis échangèrent un shake-hand cordial autant que vigoureux.

« Ma pauvre Grâce! continua la gouvernante avec une tendresse dont elle ne semblait pas capable; faut-il qu'elle me donne tant d'inquiétude! Je la considère un peu comme mon enfant.

— Parlez-moi d'elle.

— C'est une jeune fille douce, aimante, pleine des plus hautes qualités intellectuelles et morales, avec je ne sais quoi de rêveur et de sensible, qui doit venir de ses ancêtres français. C'est ce qui faisait craindre à son père qu'elle ne sût mal se défendre contre les épreuves et les chagrins de la vie.

— Chère cousine! J'éprouve déjà pour elle une sincère affection.

— Et, avec cela, jolie comme un ange; elle est brune avec un peu du charme des blondes. Voulez-vous voir son portrait?

— Si je le veux! »

Mrs Papacock tira de son sein un médaillon d'or entouré de perles, et l'ouvrit. Il contenait une artistique photographie-miniature sur émail. M. Balthazard contempla longtemps cette ravissante image, et un émoi, de plus en plus profond, mais délicieux troublait son cœur.

« Oui, dit-il, elle est bien jolie... Ses yeux clairs ont une expression très belle et très lumineuse. On y aperçoit le reflet d'une âme pure, noble, exquise.

« JE LES AFFRONTERAI COMME SAIT LE FAIRE UNE AMÉRICAINE »

— Je vois que vous êtes digne de la comprendre. Mais, pour le moment, il faut la défendre (s'il en est temps encore), contre le mauvais destin.

— Nous la retrouverons, j'en suis sûr!

— Puissiez-vous dire vrai! Mettons-nous, chacun de notre côté, en campagne.

— Tout de suite. Ayez bon espoir! »

A vrai dire, une fois passé le premier élan de généreux enthousiasme, M. Balthazard se sentit envahi par une grande inquiétude. Dans quelle aventure allait-il se lancer, lui qui était fort casanier, aimait par-dessus tout ses aises, et tenait essentiellement à faire ce qui lui plaisait?

Ce n'était pas le péril qui l'effrayait, mais les désagréments qu'il pouvait avoir à subir, notamment le mal de mer. Comment avait-il pu, lui qui, naguère, eût mieux aimé gravir à genoux l'escalier des Tours de Notre-Dame, que de traverser le détroit du Pas de Calais, songer à se risquer en plein Océan, sur un navire qui ne serait même pas, vraisemblablement, un des plus grands transatlantiques?

« Balthazard, mon ami, se dit-il, je crois bien que tu vas faire des bêtises! »

Pourtant il ne regrettait qu'à demi de s'être ainsi avancé. La cousine d'Amérique ne lui avait inspiré tout d'abord qu'une vive curiosité. Il s'était amusé de toute cette histoire. Mais maintenant que Grâce était en danger — de mort peut-être — perdue au milieu des flots, sans qu'on sût même dans quels parages, il se prenait d'une immense tendresse pour elle.

En outre, car on doit tout dire, il s'intéressait bien plus à elle, depuis qu'il avait vu son portrait. Il est remarquable à quel point une cousine paraît plus digne d'affection lorsqu'elle est jeune et jolie.

« Les lois de la famille, se dit-il, m'obligent à voler à son secours! Et puis, que ne ferait-on pas pour une si parfaite créature? »

Il lui fallait tout d'abord joindre Georges de la Blanchère; ce fut malaisé.

Il téléphona au *Mascarille*, mais on lui répondit que Georges ne venait plus régulièrement, qu'on ne savait même s'il était à Paris, M. Balthazard eut alors l'idée de demander la communication avec le beau-frère de Georges, Félicien Luce, administrateur d'une société de constructions électriques. Ce dernier lui apprit que l'infortuné mari de Viviane se préoccupait, lui aussi, d'aller à la recherche de *l'Ile-de-France*, et devait passer aux bureaux du *Mascarille*, le soir même, vers 18 heures.

Aussitôt, M. Balthazard se précipita vers la gare. Il avait encore le temps, heureusement, de se trouver rue du Faubourg-Montmartre à l'heure dite. Six heures sonnaient comme il montait l'escalier du journal; en attendant Georges, qui n'était pas encore arrivé, il lut les gazettes du soir. Elles ne contenaient toujours aucune nouvelle des trois navires; toutefois, les observations de phénomènes, tels que les aurores boréales et les perturbations magnétiques se faisaient de plus en plus nombreuses. A ce propos, *l'Indépendance* posait, en gros caractères, cette question :

Pourquoi n'est-on pas encore allé au secours du Gigantic, *de* l'Ile-de-France *et du* Zoulouland?

Et l'auteur de cet article, après avoir recueilli des avis autorisés de marins connus, répondait : 1° parce qu'on ne sait pas exactement où se produisent les phénomènes lumineux, qui semblent avoir un rapport direct avec les disparitions signalées; on les voit souvent s'éteindre, puis reparaître dans une tout autre direction.

2° Parce que les navires ne peuvent se déranger de leur route, ou *n'osent pas* mettre le cap sur les lueurs mystérieuses et redoutables.

« Il faut cependant en finir, concluait-il; nous demandons que le gouvernement organise une expédition de sauvetage, au besoin avec des navires de guerre. »

« Il est temps, songea M. Balthazard, de réaliser notre projet; sinon, nous serions devancés. »

Georges de la Blanchère arriva bientôt. Son visage reflétait une profonde angoisse.

« Vous, mon cher Balthazard, s'écria-t-il! Ah! je suis réduit au désespoir! Vous ne pouvez comprendre mon supplice!

— Pardon, mon cher ami! Je suis un peu dans la même situation que vous. J'attends une cousine d'Amérique, peut-être une fiancée, selon le vœu de son père; et elle est à bord du *Zoulouland!*

— Ce n'est pas la même chose.

— Votre cas est plus douloureux encore, je le reconnais. Je ferai tout, néanmoins, pour sauver ma cousine, et je suis venu pour conférer avec vous à ce sujet. Il faut agir, et au plus vite!

— Hélas! vous ne savez pas à quelles difficultés on se heurte à chaque pas. Je passe mes journées à frapper à toutes les portes: on ne me refuse pas, mais on perd un temps précieux en réflexions, en délibérations, en tergiversations. Je fais la navette entre la Compagnie Transatlantique, le Ministère de la Marine et la Présidence du Conseil. On ne décide rien! On est d'accord, en principe, pour faire quelque chose, mais, quand il s'agit de passer à la réalisation, l'on n'arrive pas à s'entendre.

— Je ne saurais m'en étonner. Eh! bien, agissons seuls, sans le concours de l'Etat, surtout. »

Et M. Balthazard exposa son projet.

« Parfait, répondit Georges de la Blanchère. Justement je venais, en désespoir de cause, pressentir mon directeur sur le point de sa participation financière à l'entreprise. J'ajoute que la Compagnie Transatlantique est disposée à fournir gratuitement le navire et le capitaine. C'est bien le moins.

— Restent donc seulement les dépenses de nourriture, charbon, huile, entretien, salaires de l'équipage, assurance, etc..., dont le total serait à diviser en trois parts, l'une pour le *Mascarille*, une pour *l'Epoque*, et une pour ma cousine, représentée par sa gouvernante Mrs Papacock. J'aurais voulu contribuer aux frais, mais, réellement, la somme que je pourrais offrir serait dérisoire, même si je vendais ma petite maison...

M. Balthazard s'empressa d'aller en aviser Mrs Papacock, à l'hôtel où elle avait retenu sa chambre; elle n'était pas, de son côté, demeurée inactive.

« J'ai vu, lui dit-elle, M. Greenfield, le directeur de l'*American and Foreign Banking C°*. C'est entendu, il nous ouvrira au compte de Miss Grâce, tous les crédits nécessaires. Au reste, nous n'aurons peut-être pas besoin d'une très grosse somme; j'ai su

« MONSIEUR VEUT ALLER EN AMÉRIQUE !!! »

— Vendre votre « clos », jamais, mon cher ami, ce serait une folie!

— Je m'offre, en tout cas, à servir de secrétaire au capitaine, pour l'aider à tenir son journal de bord.

— Voilà qui est déjà plus raisonnable. Mais cette tâche m'incomberait plutôt. Eh! bien, venez avec moi chez mon directeur, Narcisse Robec; à nous deux, nous aurons plus de chances de réussir. Votre aide affectueuse me réconforte; j'en avais besoin. »

Les deux amis furent bientôt reçus par le directeur du *Mascarille*, homme sec, froid, pratique, plein de décision et d'initiative. Il comprit aussitôt l'intérêt que la proposition pouvait présenter pour son journal, téléphona sur-le-champ à son confrère Molinier, directeur de *l'Epoque*, obtint son adhésion, et, cinq minutes après, l'expédition pouvait être considérée comme en voie d'organisation.

en effet intéresser à l'affaire M. Wappleton, directeur du grand journal américain, le *New-York Express Advertiser;* il se trouve à Paris en ce moment, et il offre de payer, à lui seul, autant que l'*Epoque* et le *Mascarille* ensemble, pour avoir communication, en même temps qu'eux, des nouvelles que nous télégraphierons.

— Je vois que vous vous entendez aux affaires. Tous mes compliments, madame. Nous pouvons donc arrêter ainsi la quote-part de chacun :

Compagnie Transatlantique : le navire et le capitaine.

Pour le reste :

Le *Mascarille* 1/5e
L'*Epoque* 1/5e
Le *New-York Express Advertiser*. . 2/5es
Miss Milburne 1/5e

— Exact.

— Réglons maintenant les détails. J'ai dit

que je serais le secrétaire du capitaine; vous, madame, si vous le voulez bien, vous aurez la haute main sur les questions de ménage et aussi de finances. Georges, qui est un ancien officier, sera le second du navire; il se chargera des observations scientifiques, des rapports avec le Ministère de la Marine et des communiqués aux trois journaux qui nous subventionneront; je l'aiderai au besoin. Au cas où nous aurions à livrer bataille à des pirates, ou à d'autres bandits, ou à des monstres marins, son expérience militaire nous serait fort utile. Chacun à son poste, et tout ira bien.

— *All right!* »

Dès qu'il fut rentré à Bois-Colombes, M. Balthazard héla sa dévouée servante.

« Athalie, faites votre malle — et la mienne — nous partons pour une grande croisière sur l'Océan. »

La bonne, dans sa stupéfaction, laissa tomber sur le carreau de la cuisine une assiette qu'elle essuyait, et qui se fracassa en mille morceaux.

« Monsieur veut aller en Amérique?

— Sans doute, mais nous irons d'abord au secours de ma cousine, dont le bateau est en détresse. Je vous emmène, Athalie, nous nous embarquerons dans trois jours au Havre.

— Et Lilith, Gontran, Mathusalem, Jacqueline? Qui s'occupera d'eux? Et la villa, qui la défendra des cambrioleurs?

— J'y mettrai un garde.

— Eh! bien, je dois dire à Monsieur que c'est impossible. Voici bientôt vingt ans que je suis au service de Monsieur, ou de ses défunts parents (dont Dieu ait l'âme); mais, si Monsieur veut m'emmener sur la mer, jusqu'en Amérique, je rendrai mon tablier à Monsieur, dussé-je mourir de faim comme un pauvre chien, au coin de la rue! »

Après avoir dit ces mots solennels et catégoriques, Athalie se mit à pleurer bruyamment, et elle essuyait ses larmes avec un coin dudit tablier.

M. Balthazard éclata de rire.

« Allons, je partirai seul. Rassurez-vous; rentrez dans votre assiette (si j'ose m'exprimer ainsi), et surtout, n'en cassez plus! »

VIII

L'ALGUE VIVANTE

Cependant l'opinion publique s'exaspérait. Seuls, les optimistes à outrance et les Compagnies de navigation intéressées conservaient quelque espoir. Le public défilait encore à leurs agences, mais ce n'était plus l'affolement du début; une morne désolation, entrecoupée de protestations furieuses, lui avait succédé.

Le député Barrier interpella le Ministre de la Marine, lui demandant quelles mesures il comptait prendre pour tenter d'aller au secours des disparus. Beaucoup d'autres « honorables » appuyèrent cette intervention et le gouvernement faillit être renversé. Il dut prendre l'engagement d'envoyer dans l'Atlantique, s'il en était besoin, une division navale, commandée par un vice-amiral.

Mais, comme d'habitude, on parlait beaucoup, et l'on agissait peu.

M. Balthazard, Georges de la Blanchère et Mrs Papacok, agissaient, eux, et très activement. Ils avaient su convaincre les dirigeants de la Compagnie Transatlantique de l'urgence de l'expédition. Déjà le navire que cette société mettait à leur disposition et qui s'appelait la *Franche-Comté,* faisait au Havre ses préparatifs de départ. C'était un paquebot de moyenne taille, mais rapide, pourvu de bonnes machines, et d'une puissante installation de T. S. F.

Le commandant, M. Florenville, était un marin honfleurais, plein d'expérience. Avec lui, un autre personnage représentait la Compagnie Transatlantique; c'était un des membres de son conseil d'administration, M. de Vassaucourt, homme fort distingué, qui partageait ses studieux loisirs entre l'art maritime et les sciences naturelles, surtout la botanique.

L'équipage était naturellement réduit au minimum; le bâtiment paraissait bien vide, mais il fallait prévoir que peut-être il aurait à recueillir de nombreux naufragés; pour cette raison, il embarquait aussi un personnel spécial de femmes de service et d'infirmières, ainsi qu'un médecin, le docteur Samary et un chirurgien, le professeur Delacourt.

Le jour même où la *Franche-Comté* prenait le large, les journaux annonçaient que le Gouvernement des Etats-Unis venait d'envoyer un croiseur à la recherche du *Gigantic* et du *Zoulouland.* Sans aucun doute, le Gouvernement français allait suivre cet exemple; l'Angleterre, maîtresse des mers, et jalouse de sa suprématie, ne manquerait certainement pas d'agir de même, avec des forces navales supérieures. Il n'y avait donc pas de temps à perdre.

La *Franche-Comté,* partie du Havre en toute hâte, rejoignit bientôt, approximativement, la ligne qu'eussent dû suivre, en sens inverse, les paquebots si étrangement disparus. M. de Vaussaucourt, le capitaine, et Georges de la Blanchère s'intéressaient presque exclusivement à l'*Ile-de-France;* M. Balthazard et Mrs Papacock s'inquiétaient surtout du sort du *Zoulouland*. Au reste, l'entente la plus cordiale régnait à bord.

Seul, M. Balthazard était en proie au malaise le plus pénible. A mesure qu'on s'éloignait des côtes de Normandie, il lui semblait que ses intestins remontaient dans son estomac, et que son estomac était refoulé dans sa gorge. Ce déraisonnable déplacement de ses viscères avait pour conséquence douloureuse de l'obliger à nourrir malgré lui les poissons, qui ne lui en savaient d'ailleurs aucun gré.

Il restait accoudé tristement au bastingage, ou prostré dans sa cabine, appelant de ses vœux la mort, ou du moins le retour au vulgaire « plancher des vaches », qui lui paraissait maintenant une sorte de parvis céleste.

En cette circonstance, Mrs Papacock montra un dévouement au-dessus de tout éloge. Elle prodigua maternellement à M. Balthazard des soins aussi éclairés que touchants, tout en lui disant néanmoins, de temps à autre, des choses un peu désagréables, de peur d'en perdre l'habitude. Elle lui fit prendre contre le mal de mer un remède qu'elle tenait elle-même d'un vieux médecin portugais, et qui passait pour être des plus efficaces.

Fut-ce par l'effet de ce merveilleux traitement, ou par suite de l'accoutumance, ou simplement parce que la mer devint plus calme? Toujours est-il que M. Balthazard se sentit bientôt soulagé, s'aguerrit un peu, et, renaissant à la vie, ne songea plus qu'à retrouver les traces de sa cousine Grâce Milburne.

L'ère des difficultés commençait. Rien encore de vraiment anormal ne s'était produit. Pourtant, le capitaine constata bientôt que la boussole montrait les symptômes d'un complet affolement. L'aiguille aimantée, malgré les enveloppes isolantes qui la protégeaient, prenait les directions les plus capricieuses, et présentait, à certains moments, de brusques variations.

Il fallut renoncer à s'en servir, et se guider d'après le soleil et les étoiles. Mais soudain le ciel se voila, des nuages épais l'envahirent, et il devint impossible de faire le « point »; les nuages avaient des teintes plombées, presque violettes, et véritablement sinistres. Ils avançaient rapidement.

« Ou je me trompe fort, dit le capitaine, ou nous allons avoir la plus belle tempête qu'on ait vue depuis le Déluge! Si j'ai jamais contemplé un ciel aussi laid, je veux bien qu'on m'appelle commandant de bateau-mouche!

— En vérité? » s'écria M. Balthazard, tout pâle.

A la pensée des gigantesques vagues qui allaient faire danser le navire, il sentait déjà ses entrailles s'emmêler, comme des écheveaux de laine avec lesquels aurait joué Lilith.

« Je dois avouer, dit M. de Vassaucourt, que c'est véritablement effrayant! Moi non plus, je n'ai jamais vu pareilles nuées d'orage. »

On prit toutes les précautions désirables pour avoir le moins à souffrir de la furie des flots.

Mais, tout à coup, le plus inattendu et le plus inexplicable des coups de théâtre se produisit. M. Florenville, qui inspectait anxieusement l'horizon, faillit en laisser tomber sa jumelle dans la mer.

« ÉTRANGE! » MURMURA M. DE VASSAUCOURT EN TIRANT SA LOUPE

« Regardez, cria-t-il à M. de Vassaucourt, les nuages s'arrêtent subitement!

— C'est vrai, ils sont maintenant immobiles. »

Mais déjà le capitaine jetait une exclamation, qui exprimait une stupéfaction sans bornes.

« Sacrés mille millions de cachalots! Voici les nuages qui rebroussent chemin!

— Impossible !

— Peut-être ; mais cela est ! Voyez vous-même. »

En effet, les nuages, après être restés immobiles, un instant, *revenaient en arrière,* comme attirés, aspirés par une force mystérieuse et irrésistible !

« C'est une saute de vent, sans doute, mais singulièrement soudaine ?

— Il n'y a pas de vent, à ce qu'il semble, et c'est là le plus extraordinaire.

— Il y en a certainement là-haut ; des courants aériens.

— Mais qui semblent obéir à des lois absolument nouvelles.

— Enfin, déclara M. Balthazard, en se frottant joyeusement le ventre, l'essentiel, c'est que nous échappions à la tempête.

— N'empêche, dit le capitaine, que je voudrais bien comprendre ce qui se passe ! »

On apercevait en même temps à l'horizon sud des lueurs rougeâtres, très lointaines.

« Les fameuses aurores boréales, dit Georges.

— L'avenir nous donnera la clef de ces mystères », conclut le commandant.

Quant à M. de Vassaucourt, il reprit son occupation favorite, qui était de recueillir des algues, afin de compléter son herbier de plantes marines.

Il était aidé dans ce travail par un matelot, qui manœuvrait une sorte de sonde à crampons de fer. Le produit de cette pêche était examiné avec soin par le botaniste, qui gardait seulement les échantillons les plus curieux. Le reste était rejeté par-dessus bord. Les autres passagers, quoique profanes, s'intéressaient à cette exploration.

« Oh ! voyez donc, Monsieur ! s'écria soudain Mrs Papacock, la plante bizarre ! »

Et elle montrait une algue de couleur rouge orangé, qui ne ressemblait nullement aux autres.

« Etrange, fit M. de Vassaucourt en tirant sa loupe, je n'en ai jamais vu de semblable, et pourtant la flore des mers m'est assez familière. Et vous, commandant, qu'en dites-vous ? »

M. Florenville ouvrait des yeux stupéfaits.

« Je ne connais pas non plus cette algue ».

On la regarda de plus près. Elle avait la forme d'une sorte d'étoile irrégulière ; elle étendait de tous côtés des rameaux onduleux.

« Mais elle ressemble à une petite pieuvre ! » dit M. Balthazard.

Le matelot toucha du bout du doigt un des tentacules, qui se recroquevilla aussitôt.

« Oh ! ça bouge ! cria-t-il.

— Comme une sensitive.

— Regardez, dit Georges, toute la plante est en mouvement. »

En effet, tous les bras de l'algue se contractaient ou s'allongeaient, se courbaient, se tordaient, avec lenteur, mais sans arrêt. Bientôt l'étoile entière, comme une araignée colossale, se mit en marche, pour ainsi dire.

« C'est une pieuvre rouge, déclara le matelot.

— Non pas, ces tentacules sont bien formés de tissu végétal, et non animal, comme le montre l'examen à la loupe, et c'est bien une algue, mais d'une espèce absolument inconnue.

— Il s'agit peut-être d'une plante carnivore, ou plutôt piscivore ? dit M. Balthazard.

— Nous le verrons facilement. »

M. de Vassaucourt envoya chercher un peu de viande et de poisson hachés ; on les mit en contact, ainsi que des mouches, avec les bras de l'étrange étoile. Mais ils demeurèrent indifférents.

« Alors, conclut le capitaine, c'est simplement une algue qui marche.

— Par Saint-Gildas, reprit le matelot, un Breton nommé Efflam Le Moal, il y a de la sorcellerie là-dessous. Faut jeter à la mer cette algue du Diable !

— Gardez-vous-en bien ! reprit M. de Vassaucourt. C'est une curiosité de premier ordre ; je ferai à son sujet une communication à l'Académie des Sciences.

— Voulez-vous mon opinion ? demanda M. Balthazard. Eh ! bien, je crois que nous pénétrons dans ce que j'appellerai : la zone mystérieuse, où nous allons constater bien d'autres choses extraordinaires.

— Si nous rencontrions le *Zoulouland !* soupira Mrs Papacock.

— Précisément, je crois que nous pouvons espérer avoir de ses nouvelles, car, à mon avis, sa disparition, comme celle du *Gigantic* et de l'*Ile-de-France,* est due à la même cause ou se rattache à la même énigme que les lueurs déjà observées, la rétrogradation des nuages, et le phénomène de l'algue automobile ».

— Mais alors », dit le commandant...

A cet instant, Efflam Le Moal poussa un cri de terreur, en faisant le signe de la croix.

Tous, suivant la direction de son regard, virent la plante surnaturelle, qui *marchait* littéralement, sur le pont du navire, non pas au hasard, mais dans une direction bien déterminée.

« Je comprends », dit M. Balthazard ; et il montra un baquet plein d'eau ; c'était vers lui que se dirigeait l'algue vivante.

Sous les yeux émerveillés et un peu effrayés des assistants, la plante marine parcourut lentement et avec des efforts inouïs la distance qui la séparait du baquet, puis les tentacules végétaux se dressèrent, cherchèrent des saillies où ils pussent s'accrocher. N'en trouvant pas, l'algue commença de tourner tout autour du baquet ; elle rencontra enfin un balai, qui lui servit de passerelle. Escaladant cette échelle improvisée, elle parvint jusqu'à l'eau, où elle se laissa glisser avec délices, à ce qu'il semblait.

« Prodigieux! » conclut M. de Vassaucourt.

Et il ordonna de lancer de nouveau la sonde, dans l'espoir de trouver d'autres trésors.

Les griffes de fer saisirent cette fois un lourd paquet d'algues, mais toutes fort vulgaires. On allait le rejeter par-dessus bord, quand Georges fit un geste de surprise.

« Qu'est-ce donc que cela? »

Il désignait un objet conique, tout couvert de végétations et de minuscules coquillages.

« Un morceau de bois?

— Ou plutôt une bouteille? »

On débarrassa la petite épave de son revêtement. C'était bien une bouteille champenoise, très soigneusement bouchée, cachetée et goudronnée.

A l'intérieur, se distinguait un assez gros rouleau de papier.

« Saluons, Messieurs, dit gravement le commandant, ce classique message de naufragés inconnus! Et puisse-t-il ne pas nous apporter de trop mauvaises nouvelles! »

IX

LA BOUTEILLE

On n'aura nulle peine à imaginer avec quelle curiosité passionnée, et aussi avec quelle anxiété il fut procédé à l'ouverture de la bouteille. C'était comme la voix du Destin qui allait en sortir. Que révélerait-elle?

Georges, puis M. Balthazard s'étaient récusés pour cette opération. Ils se sentaient trop émus.

Le commandant tira le bouchon, non sans difficulté, puis le papier, qu'il déroula. Il y en avait de nombreux feuillets, copiés à la machine.

« Oh! c'est en anglais, s'écria-t-il. A vous, Mistress Papacock revient l'honneur de lire et de traduire, si vous le voulez bien. »

L'Américaine tira ses lunettes et commença :

« A bord du *Zoulouland,* le... »

Elle poussa un cri, et faillit se trouver mal dans les bras de M. Balthazard, qui s'était avancé galamment pour la soutenir. Mais elle se ressaisit aussitôt, et continua :

« Je prie instamment ceux qui trouveront ce papier de le faire parvenir à mon cousin M. Balthazard...

« Grand Dieu, c'est de Miss Grâce ellemême! s'exclama-t-elle.

— Ma pauvre cousine, fit-il.

« ...A M. Balthazard, à Bois-Colombes, et d'en adresser également copie à ma gouvernante, Mrs Papacock, Hôtel... à Paris, ainsi qu'à M. Elias Mac Grégor, mon notaire, à Boston.

« Je commence par rassurer tous ceux qui veulent bien s'intéresser à moi, notamment mon excellente gouvernante, pour qui j'ai une affection presque filiale... »

Ici, la lectrice-traductrice dut s'interrompre, pour essuyer un pleur de tendre émotion.

« Je ne suis pas en danger, pour le moment. Mais tout ce que je vois est si étrange que la mort me paraîtrait, non pas moins cruelle peut-être, mais moins extraordinaire.

« Nous vivons, mes compagnons d'infortune et moi, comme dans un rêve, mille fois plus fantastique que ceux des Mille et Une Nuits, ou plutôt dans un cauchemar. Ce qui arrive est tellement incroyable que tous ceux qui liront ce récit véridique auront l'impression d'entendre les divagations d'une folle (le mot ne me fait pas peur).

« Oserai-je ajouter que la folie me semblerait moins terrible que les faits réels, incontestables, dont nous avons chaque jour l'invraisemblable spectacle?

« Il faudra bien cependant, plus tard, qu'on nous croie, puisque nous sommes des centaines de personnes, qui en porterons témoignage; au reste, il est infiniment probable que bientôt ces événements effarants deviendront publics et que la terre entière en sera le théâtre. Puissent-ils ne pas amener cette fin du monde, qu'on a tant de fois prédite, à tort, mais qui se produira peut-être inopinément, à l'instant même où elle paraîtra le plus impossible à nos pauvres petits savants, aveuglés par l'orgueil.

« Mais je m'égare en de trop hautes considérations; peut-être mes craintes sont-elles vaines, ou en tout cas prématurées? Je me perds dans de profondes méditations, que je ferais mieux de laisser aux philosophes; je vais donc simplement dire ce que j'ai vu.

« Le *Zoulouland* faisait route normalement vers l'Europe; le temps était magnifique, tout allait bien. Je me réjouissais, quant à moi, à la pensée de voir bientôt la France, patrie de mes ancêtres, et, comme on l'a dit, seconde patrie de tout homme civilisé; Paris, cette ville prestigieuse, la plus fascinante des capitales, et ce cousin, à qui mon pauvre père, ces dernières années, songeait souvent, avec un affectueux regret de ne pas le connaître.

« On parlait bien du retard inquiétant du *Gigantic;* mais, seuls, les esprits chagrins osaient insinuer que nous pouvions être exposés à semblables mésaventures. On riait, on plaisantait; le commandant, M. Prescott, nous rassurait, et nous avions confiance en lui. Les appréhensions cependant se confirmèrent, quand la T. S. F. nous annonça qu'on était également sans nouvelles de *l'Ile-de-France*. L'opérateur de notre poste radiotélégraphique se montrait particulièrement pessimiste, peut-être parce qu'il avait déjà subi les transes d'un naufrage, dont il n'était réchappé que par miracle.

« On parlait beaucoup aussi des singulières lueurs que certains navires avaient observées à l'horizon Sud, et comparées à des aurores boréales. Depuis plusieurs jours, précisément, nous les voyions, et les hypothèses allaient leur train. A la vérité, ces lueurs ne ressemblaient à aucune de celles qu'on peut ordinairement contempler, notamment aux enchantements du crépuscule et de l'aurore. C'étaient comme des draperies capricieusement déroulées, du zénith à l'horizon, ou encore, parfois, comme ces rangées superposées de colonnes de basalte, ordinairement appelées « tuyaux d'orgue », qu'on admire en certains pays, par exemple à la grotte de Fingal, et en France, au-dessus de la ville de Bort. Mais elles étaient de couleurs indéfinissables : rose, rouge vif, orangé, surtout, et aussi bleu ou violet. Elles changeaient sans cesse de nuances. C'était une véritable féerie, accompagnée d'un bruit singulier : une sorte de crissement, de crépitement lointain.

« Un soir — ce soir inoubliable où commença la *grande angoisse*, — ces lueurs paraissaient plus vives et plus rapprochées.

« Tout à coup, nous vîmes l'espace sillonné en tous sens par le faisceau d'un puissant projecteur, dont la lumière était orangée. Ce projecteur semblait chercher quelque chose sur la mer; il balayait les flots avec une insistance menaçante. Enfin, il nous découvrit, et nous frappa de ses rayons. Oh! l'horrible sensation que nous ressentîmes tous! c'était comme le douloureux frisson que cause le courant électrique d'une bobine de Ruhmkorff. Ce fluide nous pénétrait, nous conquérait, nous avions la sensation d'être *vidés* de notre âme, de notre volonté surtout, et complètement dominés par une force étrangère.

« Ce fut à ce moment, je l'ai su depuis, que notre télégraphiste lança le signal de détresse « S.O.S. » suivi des mots : « Danger mystérieux et terrible. Au secours. Nous sommes en détresse par latitude... » Mais les terribles rayons du projecteur ayant frappé sa cabine, et les antennes, l'appareil de T. S. F. devint muet, paralysé comme l'étaient nos énergies, chose infiniment regrettable, car ce qu'il allait transmettre, c'était l'indication de notre position, notre latitude et notre longitude. Ceux qui ont entendu notre appel n'ont pas su où nous rejoindre.

« Soudain, l'impression de terreur qui nous avait frappés disparut. Nous nous sentîmes envahis par un désir irrésistible et fou, quoique mêlé d'épouvante, d'aller vers le foyer lumineux qui nous éclairait, de nous y brûler comme des papillons attirés par une torche.

« Oui, nous étions fascinés, littéralement. Nous cherchions le capitaine, pour le supplier de nous conduire vers le feu étrange, terrible et attirant.

« Mais déjà il criait des ordres à l'équipage.

« Nous le vîmes, tout enveloppé de la fantastique lumière orangée; il avait l'air d'un automate, ou plutôt d'un sujet en proie à une suggestion dominatrice; il passait sa main sur son front, comme pour en écarter une douloureuse angoisse, des visions insensées et d'indescriptibles mirages.

« Il ordonna de virer de bord et de mettre le cap sur le projecteur à toute vitesse.

« Sa voix était complètement changée; il semblait en état de somnambulisme, absolument inconscient de ses actes.

« Il oubliait ses devoirs, la route qui lui était assignée, la lourde responsabilité qu'il avait à l'égard de la Compagnie, de nous tous, de nos parents, de nos nations. Il nous conduisait probablement à la mort et nous en avions pleine conscience. Malgré cela, nos acclamations unanimes l'approuvèrent, les matelots hurlèrent de joie, et le *Zoulouland*, à toute vapeur, se tournant vers le Sud, s'élança fiévreusement vers la flamme orangée, dont les rayons l'enveloppaient toujours, émettant une force attractive sans cesse accrue.

« De menus détails en donneront une faible idée : je remarquai, à un certain moment, que le faisceau lumineux semblait emporter comme des particules dorées; en remontant à l'origine de cette colonne de poussière, je constatai qu'elle s'élevait d'un seau plein de sciure de bois; cette sciure était comme aspirée par les radiations magnétiques, et attirée vers leur foyer. Je déchirai un journal en petits fragments; ils s'envolèrent aussitôt, suivant la même voie.

« Peu après, le chien du commandant, un magnifique terre-neuve, sur lequel apparemment les rayons tyranniques avaient la même action que sur nous, et qui aboyait furieusement dans leur direction, se jeta enfin à la mer et se mit à nager vers le projecteur. On dut lui lancer une bouée, et le hisser à bord, au moment où, épuisé, il allait disparaître sous les flots.

« Les mouettes qui se trouvaient touchées par la funeste clarté se détournaient aussitôt de leur route, pour voler à tire-d'ailes vers cet astre diabolique.

« Nous voguions donc, à une allure vertigineuse, vers l'Inconnu, toujours baignés par la lumière orangée, de plus en plus intense. Ses effets devenaient très marqués; nous dûmes nous abriter, pour nous dérober aux secousses électriques, qui devenaient intolérables.

« Les ampoules à incandescence diminuaient d'éclat, comme si le courant eût été, lui aussi, aspiré ou neutralisé en partie. Les téléphones étaient réduits au silence. Bientôt, les dynamos diminuèrent de vitesse, en s'échauffant de la façon la plus anormale; elles semblaient ralenties par l'action d'un frein puissant. Il fallut les arrêter, pour éviter de les « griller » et tout le navire fut plongé dans une obscurité profonde... je veux dire dans une nuit que seuls éclairaient les effroyables rayons orangés.

« Pourtant, notre désir d'aller vers le grand mystère était de plus en plus impérieux. On alluma des bougies; leurs flammes vacillantes s'inclinaient toutes vers le foyer du projecteur.

« Cependant nous ne pouvions nous résigner à rester à l'abri; notre curiosité passionnée nous ramenait toujours sur le pont; nous résistions mieux aux effluves nocifs derrière les vitres épaisses du salon d'avant.

« — Venez! on peut maintenant supporter les rayons! » cria M. Carlotti, un médecin italien, qui était le plus remuant des passagers.

« Nous nous précipitâmes, et ce fut alors que la vigie signala :

« — Deux navires à l'horizon! »

« C'était de l'un d'eux que partait l'énigmatique lumière. Mais cela ne nous donnait pas sa raison d'être et ne nous expliquait pas ces effets déconcertants.

« Nous aperçûmes bientôt les deux paquebots; nos jumelles nous permirent de les identifier; l'un devait être américain, l'autre semblait appartenir à la Compagnie Transatlantique... Où donc avions-nous la tête? Le même cri nous échappa simultanément :

— Mais c'est le *Gigantic* et *l'Ile-de-France!* »

« Le rayon lumineux venait du *Gigantic*. Quand nous fûmes plus près encore, nous distinguâmes sur les deux bâtiments des choses anormales; ils paraissaient couverts de constructions métalliques étranges; tours, pylônes, arcs, réseaux compliqués de fils, grands miroirs, armatures hérissées de pointes.

« Le tout était éclairé par des lueurs indéfinissables, qui changeaient constamment et parfois s'élevaient à une grande hauteur, parfois s'éteignaient presque, parfois encore envahissaient tout le ciel; c'étaient celles que nous avions aperçues de loin, et qu'on avait observées avant nous, celles qui, dans leur éclat maximum, ressemblaient à des aurores boréales.

« Le faisceau du projecteur s'amincissait et devenait moins intense; il était dirigé de façon à frapper toujours le commandant; il le suivait dans ses déplacements, et le tenait littéralement sous sa dépendance.

« Comme nous n'étions plus qu'à quelques centaines de mètres des deux navires, nous vîmes s'élever de l'un d'eux, qui était *l'Ile-de-France*, une machine volante de forme inusitée, qui ressemblait à un bourdon énorme, ou à quelque guêpe colossale.

« — C'est un hélicoptère », expliqua un ingénieur, M. Edward Jackson, qui se trouvait

L'UN D'EUX S'AVANÇA

parmi nous. « Mais, continua-t-il, ce système n'a guère donné encore que des résultats théoriques; je ne m'explique pas comment celui-ci peut fonctionner si merveilleusement. »

« Déjà l'avion descendait vers nous. Il se posa, par une manœuvre incroyablement audacieuse, et avec une précision parfaite, sur l'arrière du *Zoulouland*.

« Deux êtres effrayants en descendirent. Ils étaient de taille colossale; deux mètres et demi, minces, couverts, à ce qu'il semblait, de grands manteaux verdâtres, et paraissaient masqués. Ils portaient de petits appareils extraordinaires, attachés à leur ceinture.

« L'un d'eux s'avança et, se baissant,

traça sur le pont une circonférence, qui entourait son compagnon, lui-même, et l'hélicoptère, et qui luisait d'un éclat phosphorescent, très vif.

« Puis il regarda fixement le commandant Prescott, et alors, oh! l'affreuse sensation, nous vîmes — je le constatai mieux que personne, car je me trouvais très près — que ce monstre avait *trois yeux,* dont un au-dessus du nez, à peu près comme on représente les Cyclopes de la Mythologie. Ce troisième œil, toutefois, était fermé; des deux autres, celui de droite, ne présentait rien de particulier; mais celui de gauche émettait un rayon jaune orangé; c'était ce dernier qui regardait le commandant.

« — Mesdames, Messieurs, dit celui-ci d'une voix sans timbre, je vous en conjure, et, au besoin, je vous l'ordonne, retirez-vous sur le gaillard d'avant; l'arrière sera réservé à l'équipage, sauf raison de service. Gardez votre sang-froid, et obéissez, ainsi que moi-même, à ceux qui sont *plus puissants et plus sages que nous!* »

« Ces mots, que le malheureux M. Prescott disait évidemment sous la dictée d'une volonté supérieure, provoquèrent en nous un trouble indescriptible et des mouvements de révolte.

« Plusieurs passagers, parmi lesquels le médecin italien M. Carlotti, l'ingénieur Edward Jackson, et des officiers américains, protestèrent.

« — Nous sommes des hommes libres. Nous n'avons pas d'ordres à recevoir de ceux qui sont apparemment des malfaiteurs géants, disposant d'on ne sait quel pouvoir occulte. Nous ne sommes pas effrayés par cette fantasmagorie grotesque. »

« Puis, ils se précipitèrent en avant, mais, arrivés à la ligne phosphorescente, ils s'arrêtèrent, immobilisés; trois fois, ils reprirent leur élan; chaque fois, ils semblaient se heurter à une muraille invisible; ils reculèrent, avec des cris de rage.

« Alors M. Jackson tira son revolver, mais les deux terribles diables, comme on les appelait déjà, le regardèrent de leur *œil jaune orangé;* aussitôt il s'arrêta, puis, d'un geste automatique et contraint, jeta son arme à la mer.

« — Messieurs, dit le commandant, je vous en supplie, remettez-moi vos armes, dans votre intérêt. »

« Personne ne bougea.

« L'un des démons verdâtres dirigea vers nous une sorte de moulin à café qu'il portait à sa ceinture, ou plutôt une mitrailleuse qui projetait, non des balles, mais des radiations invisibles ou des vibrations très aiguës et imperceptibles. Alors, toutes les cartouches éclatèrent dans les revolvers, blessant plus ou moins grièvement leurs porteurs ou les personnes voisines.

« En même temps, toutes les boîtes d'allumettes s'enflammèrent dans les poches. Ce fut une petite panique.

« Notre étonnement n'était pas encore dissipé qu'un autre passager, un jeune Espagnol, M. Manuel Montilla, plus rapide que la pensée, lança furieusement sa *navaja* sur les deux diables, dont l'un fut blessé au bras. De sa blessure coula un liquide *vert,* qui était apparemment son sang. En même temps, nous vîmes se déplier un peu ce que nous avions pris pour son manteau; horreur! c'étaient des ailes, pareilles à celles d'une énorme chauve-souris. Son compagnon bondit vers M. Montilla, et une chose inimaginable se produisit; il ouvrit son *troisième œil,* d'où jaillit un rayon *rouge vif.* L'Espagnol porta la main à son front, et tomba mort. Une stupeur découragée nous glaça. Puis je m'empressai, ainsi que les autres femmes, autour des victimes.

« Le « diable » blessé semblait fort désemparé. Il paraissait surpris de voir couler son sang. Je lui montrai mon mouchoir et fis le geste de panser son bras. Il arrêta sur moi son regard *jaune orangé,* mais très doucement, et je compris clairement que son intelligence disait à la mienne : « Je vous remercie; approchez; vous pouvez franchir le cercle lumineux ».

« J'avançai, et fus toute surprise de n'être pas arrêtée par la redoutable ligne phosphorescente. L'assistance en parut plus étonnée encore. Je fis un sommaire pansement; oh! quelle effarante sensation, de voir ce linge taché de *vert!*

« Le monstre me remercia d'un regard expressif de son œil ordinaire, dont le reflet était bleu pâle.

« Mais je suis obligée de suspendre ce récit. Ces feuillets, que j'enveloppe, pour plus de sûreté, de papier parcheminé, rempliront la bouteille. Je les ai copiés à cinq exemplaires et je confie aux flots cinq bouteilles semblables, prises à l'office, où, fort heureusement, il en reste tout un stock. Ceux qui burent joyeusement le champagne qu'elles contenaient ne se doutaient certes pas de l'usage auquel elles serviraient un jour.

« Je continuerai à leur confier le journal où je consigne ces événements inouïs. Puissent ces feuillets arriver à bon port!

« O vous, qui vous intéressez à moi, n'ayez pas d'inquiétude. Je ne suis pas en péril; si vous venez à mon secours, méfiez-vous des rayons orangés; redoutez la science toute-puissante de *ceux qui sont plus sages que nous,* et surtout — il y va de notre vie — ne faites pas de mal aux mystérieux *diables verdâtres...* »

DEUXIÈME PARTIE

X

TRAGIQUES ÉPAVES

Après que Mrs Papacock eut fini sa lecture, un silence pénible pesa quelques instants sur le petit groupe. Tous étaient encore en proie à une stupeur que justifiait, il est vrai, l'étrangeté du récit.

« Pauvre enfant ! gémit la gouvernante, par quelles singulières épreuves elle passe !

— Oui, infortunée cousine ! ajouta M. Balthazard.

— Il faut avouer, dit le commandant Florenville, en se caressant le menton de sa main rugueuse, que tout cela est incroyable, oui, positivement incroyable.

— Cette jeune personne, demanda le docteur Samary, est-elle... comment dirais-je? absolument saine d'esprit ?

— Absolument ! répondit vivement Mrs Papacock, elle a toujours montré la plus grande intelligence, la logique la plus froide, le tempérament le moins romanesque et le plus scientifique ; c'est, du reste, dans les sciences qu'elle s'est surtout distinguée, au cours de ses études ; comme sérieux, elle pourrait en remontrer à un vieux savant.

— Allons, tant mieux !... ou tant pis ! fit le commandant.

— Il est certain, dit M. de Vassaucourt, que ce récit est des plus extraordinaires.

— Ce n'est pas mon avis, déclara M. Balthazard. Tout s'enchaîne rigoureusement. Sans connaître encore ma cousine, je suis certain qu'elle a rapporté sincèrement des faits absolument exacts ; ils confirment l'hypothèse, hardie, j'en conviens, que j'ai formée.

— Alors, faites-nous-en part !

— Ce serait prématuré ; elle est si invraisemblable, si folle ! Permettez-moi d'attendre des confirmations plus éclatantes encore.

— Vous pensez donc que nous allons être témoins de choses de plus en plus étonnantes ?

— J'en suis sûr ! Nous avons déjà eu l'algue vivante.

— Au fait, demanda M. de Vassaucourt, qu'est-elle devenue ?

— Elle est toujours là, je suppose. »

On courut vers le baquet ; l'algue n'y était plus.

« Le Moal, cria le botaniste, qu'avez-vous fait de cette plante précieuse ?

— Sauf votre respect, Monsieur, c'était une « manigance » diabolique.

— Répondez ! Qu'en avez-vous fait ?

— Elle aurait porté malheur au bâtiment. Je l'ai rejetée à la mer.

— Malheureux ! Vous mériteriez... d'être traité pareillement ; je ne vous pardonnerai que si vous repêchez une autre algue vivante.

— Et aussi, ajouta M. Balthazard, une autre bouteille, contenant la suite du journal de ma cousine.

— Oh ! oui, dit Mrs Papacock. Mais surtout, il faudrait aller à son secours.

— Hélas ! nous ne savons où se trouvent les trois navires.

— Il n'y a qu'à nous diriger vers les lueurs rouges.

— Ce n'est pas si facile : souvent elles emplissent tout le ciel.

— Et puis, si nous tombons dans le champ des projections orangées, nous serons attirés et réduits à l'impuissance, comme des papillons hypnotisés par un fanal.

— Qu'importe ! s'écria la gouvernante, nous serons plus nombreux à nous défendre contre ces monstres, et, en tout cas, réunis, nous supporterons mieux les coups du destin.

— Hum ! grommela un des médecins, vous croyez donc vraiment à toute cette histoire ?

— Si j'y crois ? Autant et plus qu'à la médecine.

— Il y a mieux à faire, dit M. Balthazard, que de nous jeter dans la gueule du loup. D'ailleurs ma cousine elle-même assure qu'elle ne court aucun danger. Approchons-nous des navires, mais avec précaution, et appliquons-nous surtout, pour le moment, à rechercher tout ce qui pourra nous fournir quelque renseignement utile, soit pour l'attaque, soit pour la défense. Notre excellent commandant, qui connaît, paraît-il, comme pas un, les courants de l'Atlantique, pourra nous guider ; je présume, puisque nous avons déjà trouvé l'algue et la bouteille, que nous sommes sur le passage d'un courant, qui vient de l'endroit où se trouvent (où se trouvaient, du moins) le *Zoulouland*, l'*Ile-de-France* et le *Gigantic*. Efforçons-nous de nous maintenir dans ce courant, et même de le remonter ; nous aurons chance de faire des découvertes intéressantes.

— Voilà qui est parler raisonnablement,

concéda le commandant Florenville. Je partage entièrement cet avis et j'agirai en conséquence, autant qu'il me sera possible. Vous, Monsieur Balthazard, avisez aux moyens de nous soustraire à l'action des rayons orangés. M. de Vassaucourt continuera ses sondages et ses pêches, que nous espérons fructueuses; M. de la Blanchère tiendra le journal de bord et rédigera les comptes rendus sensationnels que nous expédierons par T. S. F. à nos correspondants.

— Oui, dit Georges; seul, le travail apaise un peu mon tourment d'être sans nouvelles de ma chère Viviane.

— Patience, dit M. Balthazard; je crois que nous en aurons bientôt.

— Puissiez-vous dire vrai! La revoir un instant, même si c'était pour mourir avec elle! »

Le matelot Le Moal recommença, sous les ordres de M. de Vassaucourt, à lancer dans les flots, tantôt ses crochets de fer, tantôt des sondes plus perfectionnées. Les reproches qu'il avait reçus stimulaient son zèle. Mais, comme par un fait exprès, il ne retrouva aucune algue d'espèce inconnue. Il put recueillir une autre bouteille, mais, à la déception générale, elle contenait seulement une copie du journal trouvé dans la première.

On allait se laisser aller au découragement, quand le matelot de vigie signala un corps flottant, à bâbord.

Le commandant dirigea aussitôt sa jumelle vers le point indiqué.

« C'est un cadavre, si je n'ai pas la berlue », déclara-t-il.

Les autres passagers s'étaient également armés de leurs jumelles, sauf Mrs Papacock et Georges, qu'une émotion semblable étreignait douloureusement.

« Si c'était Miss Grâce!

— Si c'était Viviane? »

M. Balthazard s'efforça de les rassurer, mais lui-même se sentait horriblement anxieux.

La *Franche-Comté* stoppa et l'on mit à la mer un canot, qui alla reconnaître l'épave, la prit à bord et la rapporta.

C'était bien un cadavre, celui d'un homme d'une quarantaine d'années, de type mexicain, ballonné par la décomposition et affreusement défiguré.

Son visage et son corps portaient des traces de coups; le Dr Delacourt découvrit bientôt, à la base du crâne, une blessure terrible, qui avait dû entraîner la mort.

« Cet homme, dit-il, a été tué au cours d'une rixe. »

En même temps, il fouillait dans les poches des vêtements; il y trouva des papiers, rendus presque illisibles par l'action corrosive de l'eau de mer, et de menus objets sans intérêt, en apparence.

« Qu'est ceci? s'exclama-t-il, en montrant un morceau de métal blanc.

— C'est une vis, répondit M. Balthazard; mais elle est de forme inusitée.

— Pesez, comme elle est lourde.

— Oh! Très curieux... et elle n'a pas été attaquée par le sel marin. Elle ne peut pas être d'étain ni d'argent, ni d'aluminium. Ma parole, on dirait...

— Du platine; c'en est, évidemment, dit le Dr Samary.

— Depuis quand fait-on des vis de ce genre en platine? Elle vaudrait une grosse somme, puisque le platine est quatre ou cinq fois plus cher que l'or; ce serait un bijou, mais de singulière nature.

— Encore une énigme à deviner.

— Attendons; pour le moment, il n'y a qu'à donner à ce malheureux la sépulture des marins. »

Un examen attentif des papiers du mort permit de reconnaître qu'il se nommait Pablo Saltillo, né à la Vera-Cruz. Le nécessaire fut fait en vue de l'établissement de son acte de décès, puis le corps fut cousu dans un suaire et immergé, après qu'on eut attaché à ses pieds une grosse masse de fonte.

Cette funèbre cérémonie ne fut pas sans attrister les passagers de la *Franche-Comté*. A la suite de quel drame cet homme avait-il été jeté à la mer? Peut-être ne le saurait-on jamais?

Le soir de ce jour tragique, on aperçut, plus intenses qu'à l'ordinaire, les lueurs rougeâtres des « aurores boréales », qui étaient d'ailleurs australes.

Le matelot Le Moal leur montra le poing, en grondant :

« Ah! si je pouvais éteindre toutes ces flammes de l'enfer! »

Puis, repris de terreurs superstitieuses, il se signa et dit à M. de Vassaucourt :

« M'est avis que le mieux serait de virer de bord et de retourner le plus vite possible au Havre.

— Alors, vous abandonnez à leur malheureux sort ceux qui sont prisonniers des « Diables Verdâtres » ?

— Nous ne pourrons pas les sauver.

— Rappelez-vous les patrons vénérés de la Bretagne : Saint Yves, Saint Gildas, Saint Corentin et les autres. La plupart eurent à combattre le Démon et le vainquirent; il faut les imiter; ils vous protégeront. »

Cet argument parut toucher quelque peu le craintif Breton; il allait cependant répliquer encore et formuler une nouvelle objection, quand la vigie signala :

« Une barque à tribord. »

Le navire mit aussitôt le cap sur l'objet indiqué. Cette barque allait visiblement à la dérive; quand on put, à la jumelle, en distinguer les détails, on vit qu'elle ne semblait porter aucun être vivant.

Le matelot Efflam se signa de nouveau :

« C'est un bateau-fantôme », grommela-t-il.

Mais, lorsqu'on fut plus près encore, on aperçut, gisant au fond de l'embarcation, une forme humaine.

« Encore un cadavre! murmura M. de Vassaucourt, que la crainte superstitieuse de son aide semblait gagner.

— Nous allons bien voir », dit le commandant.

L'homme fut hissé à bord et soumis à l'examen du médecin et du chirurgien.

« Il n'est pas mort, déclara le Dr Samary; mais peu s'en faut. Quelques minutes de plus et il sombrait dans l'océan de l'Au-delà, plus profond que l'Atlantique. Au reste, je ne suis nullement certain de le rappeler à la vie. »

Les deux praticiens s'empressèrent autour du naufragé, qui paraissait n'avoir pas mangé depuis de longs jours.

« Oh! Voilà qui est singulier! » s'exclama le Dr Delacourt.

Et il montra ce qu'il venait de tirer du gousset de l'inconnu : un clou, un fragment de rivet et un morceau de lame, tous trois de métal blanc, très lourd et inaltérable.

« Encore du platine! dit M. Balthazard; qu'est-ce que cela signifie?

— Il nous l'expliquera lui-même », répondit le Dr Delacourt.

En effet, le blessé commençait à se ranimer; il semblait heureusement d'une constitution très robuste; bientôt il rouvrit les yeux; mais il était très faible. On lui prodigua les soins les plus éclairés et les plus dévoués. C'était un Français, de condition modeste, apparemment.

« Qui êtes-vous, et que vous est-il arrivé? demanda le capitaine.

— Mon nom est Michel Delattre; je suis originaire du Nord; j'avais un atelier de serrurier-mécanicien à Dunkerque; mes affaires ayant périclité, j'émigrai aux Etats-Unis, pour y tenter la fortune; mais je n'y réussis guère et je me décidai à revenir dans ma patrie. Ah! si j'avais pu prévoir les effroyables périls que j'allais avoir à traverser, je n'aurais pas pris passage à bord de ce maudit paquebot : *L'Ile-de-France!*

— Vous étiez sur *l'Ile-de-France!* s'exclama Georges, avec une frémissante anxiété; vous pourrez alors me donner des nouvelles de ma femme : Mme de la Blanchère?

— Oui, répondit Delattre; c'est une personne admirable; elle a contribué à me sauver la vie; elle n'avait pas peur des « Diables verdâtres. »

— Elle est en bonne santé, j'espère?

— Elle l'était, du moins, au moment où j'ai quitté le navire, après le drame (ou plutôt le premier des drames) du platine.

— Quels drames? »

A ce moment, les lueurs rouges de « l'aurore boréale » emplirent le ciel, plus étranges que jamais, et leur reflet sinistre vint frapper au visage le blessé, en même temps que leur crépitement arrivait à ses oreilles.

Il pâlit affreusement; ses yeux exprimèrent une mortelle épouvante, il gémit :

« Sauvez-moi! Ne me livrez pas à ces Démons! »

Et il retomba inanimé sur sa couche.

UN CANOT ALLA RECONNAITRE L'ÉPAVE

XI

ON REPARLE DES « DIABLES »

On devine avec quelle angoisse les assistants se penchèrent vers le naufragé, qui, pour la seconde fois, menaçait de disparaître dans le mystère suprême.

Les deux médecins, en qui tous mettaient leur espoir, s'empressèrent de nouveau.

On transporta Michel Delattre à l'hôpital du bord, dans une chambre dont le hublot, exposé au nord et voilé de gaze verte, ne laissait pas filtrer l'effrayante lumière.

Le blessé revint bientôt à la vie; on lui donna, non sans de grandes précautions, des stimulants et un peu de nourriture. Ce Flamand était, par bonheur, bâti à chaux et à sable, et les forces lui revenaient à vue d'œil.

« Contez-nous donc vos aventures, demanda Georges.

— Nous avons été fascinés par les Diables, comme l'oiseau par le serpent.

— Ah! oui, le projecteur aux rayons orangés! »

Delattre sursauta et montra une stupéfaction pleine d'épouvante.

« Comment savez-vous...? »

On lui expliqua la découverte de la bouteille contenant les révélations de Miss Grâce Milburne.

Il fit alors le récit de la conquête — facile — de l'*Ile-de-France* par les monstres; elle s'était faite exactement de la même manière que celle du *Zoulouland*.

« Mais enfin, demanda M. de Vassaucourt, qui sont-ils, ces êtres fantastiques, et d'où sortent-ils? Ce sont eux aussi, je pense, qui ont arrêté le *Gigantic* et s'en sont emparés?

— Effectivement, répondit Delattre.

— Toujours grâce aux rayons orangés?

— Non, mais à leur « regard orangé ». Je n'ai pu être témoin de cet événement, le premier en date de cette série de faits extraordinaires; mais je l'ai entendu raconter souvent par différentes personnes absolument dignes de foi, notamment par un professeur tchèque, M. Wosnic, un homme étonnant, qui sait presque toutes les langues de l'univers civilisé. J'aurai souvent occasion de vous reparler de lui. Voulez-vous que je vous rapporte ce que je tiens de sa bouche et ce qui m'a été confirmé par bien d'autres personnes?

— Nous vous en prions. »

Toutes les oreilles écoutèrent avec la plus impatiente curiosité.

« Or donc, reprit le narrateur, pénétré de son importance, le *Gigantic* voguait à toute vapeur vers l'Europe, quand un soir, au crépuscule, la vigie signala une épave à tribord. On cessa de s'entretenir du sujet qui, depuis la veille, alimentait les conversations. Il faut vous dire qu'environ vingt heures auparavant, on avait vu quelque chose d'assez extraordinaire, un..., un... comment donc appelait-on ça?

— Un bolide?

— C'est le mot.

— Nous sommes au courant du fait. Ce phénomène a été vu par plusieurs navires, et tous les journaux en ont parlé. Il y a eu plusieurs bolides, à quelques jours d'intervalle.

— Bon. C'était comme qui dirait un gros bloc de métal, porté au rouge, qui tombait du ciel et s'engloutit dans la mer, avec une détonation formidable. Mais on cessa d'y penser, pour s'occuper de l'épave. Quelques-uns firent la supposition que c'était peut-être le bolide, qui avait surnagé; mais les autres déclarèrent que c'était impossible, vu que ces blocs incandescents de pierre ou de minerai ne pouvaient que couler à pic, probablement en éclatant et en se pulvérisant au contact de l'eau.

— Oui, dit M. Balthazard, mais ce n'était pas un bolide ordinaire.

— Comme vous dites. On remarqua bientôt, quand les rayons du soleil couchant vinrent à le frapper, qu'il semblait être de métal blanc mat, et avait la forme d'une coupole. Puis on distingua comme une grappe humaine, suspendue au sommet de cette grosse bouée. Plus de doute, c'étaient des naufragés qui se cramponnaient à l'épave. On ne pouvait pas les abandonner à leur malheureux sort. Le paquebot ralentit considérablement, une chaloupe alla les recueillir. Grand Dieu, si on avait su! Le *Gigantic* aurait mille fois mieux fait de passer son chemin et de les laisser « boire à la grande tasse. »

— Ma foi, dit Mrs Papacock, j'inclinerais à partager cette opinion.

— La chaloupe ramena trois corps, et le bolide, qu'elle avait pris à la remorque. On crut d'abord que les naufragés étaient morts; mais bientôt ils bougèrent. Ils avaient l'air de drôles de citoyens, ils étaient très gros et grands, bizarrement recroquevillés sur eux-mêmes et enveloppés, à ce qu'il semblait, de grands manteaux verdâtres, avec capuchons rabattus sur leurs têtes. En outre, leurs visages se trouvaient aux trois quarts dissimulés sous des linges, qu'on prit pour des pansements. On les transporta dans une des salles de l'hôpital, où les médecins s'empressèrent de les examiner, pendant que les matelots hissaient à bord l'épave singulière; on vit alors que c'était comme un obus

PLUS DE DOUTE, C'ÉTAIENT DES NAUFRAGÉS CRAMPONNÉS A L'ÉPAVE

énorme et lourd; mais on put heureusement le soulever en passant des chaînes dans de forts anneaux qu'il portait à sa partie supérieure; ce ne fut pas toutefois sans beaucoup de peine.

— C'est tout à fait ainsi que j'avais imaginé la scène, dit M. Balthazard.

— Ah! Eh bien! vous avez de l'imagination, Monsieur. Que se passa-t-il ensuite entre les médecins et les « Diables » — car c'étaient eux? — on ne le saura peut-être jamais. Ah! ils cachaient bien leur jeu, ces monstres-là! Ils ne laissaient pas encore voir leurs yeux, ni leurs ailes, ni leurs grandes jambes, ni leurs inventions de sorciers. On les croyait presque trépassés, on avait pitié d'eux, pendant qu'ils se préparaient sournoisement à nous domestiquer. Je dis « nous » en pensant non seulement aux passagers et aux matelots du *Gigantic*, mais à ceux de *l'Ile-de-France*, du *Zoulouland*, et peut-être d'autres navires. Si on les laisse faire, toute la terre sera bientôt réduite en esclavage.

— Vous exagérez.

— On voit bien que vous ne les avez pas encore approchés. Je disais donc qu'on ignore ce qui se passa dans les salles de l'hôpital, mais on entendit un des médecins appeler le commandant, M. Dirk. Lui, qui était toujours très jovial, faisait, en revenant, une figure d'enterrement. Il ne semblait plus avoir sa tête, ou plutôt il avait l'air absent, l'air d'un soldat qui exécute des ordres auxquels il ne comprend rien.

— C'est bien cela.

— Donc, il dit aux passagers que les naufragés paraissaient atteints d'un mal mystérieux, et que, par prudence, il était obligé de les consigner dans leurs cabines, ou dans un des salons de l'arrière. On obéit, quoique tout le monde eût l'impression que ce n'était pas vrai. M. Woznic (de qui je tiens tous ces détails) osa seul se risquer à jeter un coup d'œil en dehors de la zone autorisée. Que vit-il? le commandant, accompagné des officiers mécaniciens, qui faisaient inspecter les machines aux trois « Diables ». Maintenant qu'ils étaient debout, ils apparaissaient ce qu'ils étaient : des géants de deux mètres et demi de haut, pour le moins, qui avaient, à leur grande face de bandits, trois yeux, plus brillants que ceux des chats.

— Tout cela est clair, dit M. Balthazard.

— Vous trouvez? s'écria M. de Vassaucourt.

— Peu après, continua Delattre, le commandant fit annoncer qu'un accident de machine, peu grave d'ailleurs, venait de se produire; qu'on allait travailler à le réparer, qu'il n'y avait pas lieu d'avoir la moindre inquiétude. En effet, le paquebot venait de stopper. Bientôt il résonna tout entier de coups de marteau, de grincements de scies et de bruits divers de machines-outils travaillant fiévreusement. L'éclairage électrique fut considérablement réduit, des ateliers s'improvisèrent dans tous les grands salons, et l'équipage, conduit à la baguette, comme un troupeau, fut tout entier employé à des travaux de mécanique. On ne parlait plus de la maladie mystérieuse.

— Admirable! s'exclama M. Balthazard.

— Non, effroyable! répliqua Mrs Papacock.

— La nuit surtout, c'était exaspérant et terrifiant; des feux de forge projetaient partout des lueurs rouges et le vacarme continuait, car on travaillait par équipes, nuit et jour. Vous pensez bien que les plus hardis des passagers allèrent protester auprès du commandant Dirk, mais sans résultat; furibonds en partant, ils étaient, à leur retour, doux comme des moutons. C'est que, pour entrer chez le commandant, il fallait passer sous des lampes à lumière orangée, que les « Diables » avaient tout de suite installées là. Leurs rayons vidaient la cervelle des gens, et tous, après ce « débourrage » de crâne, trouvaient absolument naturel que le navire demeurât immobile, au lieu de voguer vers l'Europe, qu'on les mît en pénitence dans leurs cabines et que les trois Diables fissent la loi. Quant aux matelots, c'était tout pareil; ils obéissaient comme des chiens couchants, sans en excepter les plus fortes têtes. Ils travaillaient plus que des forçats.

— Et ce fut ainsi, dit M. Balthazard, que se construisirent le grand projecteur, l'hélicoptère, et bien d'autres appareils étranges, en utilisant les métaux que fournissait le navire, le charbon des soutes, la vapeur des chaudières, la force motrice des machines, le courant des dynamos, dont plusieurs ont dû être démontées et débobinées.

— Ma parole, on dirait que vous étiez-là! Oui, c'est cela même. Ces sauvages avaient trouvé moyen de s'emparer du bateau, de le dépecer et d'en utiliser des morceaux pour leur sorcellerie. Quand le grand projecteur fut achevé, ils s'en servirent pour jeter le grappin, comme qui dirait, sur un autre navire et ce fut *l'Ile-de-France*, avec tous ses passagers, parmi lesquels votre serviteur. Entre temps, le *Gigantic* était allé recueillir d'autres monstres tombés du ciel comme les premiers, dans des obus tout pareils, et qui faisaient des signaux avec des espèces de fusées. D'ailleurs leurs camarades les attendaient, pour sûr. Tout ça, c'était combiné d'avance, et bien combiné. Finalement, nous eûmes, non plus trois, mais une douzaine de « Diables » pour nous persécuter.

— Et ensuite, qu'arriva-t-il?

— Je vais vous le dire, et vous pourrez m'en croire mieux encore, car cette fois, *j'ai vu*, de mes yeux vu, ce que je vais vous raconter.

— Mais, tout d'abord, demanda le Dr Samary, non sans conserver une pointe d'incrédulité, décrivez-nous en détail ces êtres bizarres, que vous appelez les Diables verdâtres.

— Voici : ce sont de gros individus, très grands, deux mètres cinquante environ, avec de longues jambes, des pieds énormes, comme des griffes d'aigle, une poitrine énorme, comme un soufflet de forge, une tête énorme, des oreilles énormes comme le pavillon d'une trompette, mais très peu de ventre. Dans cette tête, trois yeux, dont un est ordinairement fermé.

— Oui, nous savons; un œil au regard bleu pâle, pour regarder, le deuxième au regard orangé, pour magnétiser, ou plutôt suggérer des ordres, le troisième au regard rouge vif, pour blesser ou tuer.

— Parfaitement. La bouteille et son papier vous ont bien renseigné; les monstres ont des ailes, analogues à celles des chauves-souris; mais ils ne semblent pas pouvoir voler: ils s'en servent seulement pour se soulever, pour marcher, courir, sauter plus facilement. Leur peau est à peu près comme la nôtre, mais couverte d'un épais duvet de couleur verdâtre. Ils ne portent pas de vêtements, sauf en certaines occasions, par exemple quand il fait très froid ou qu'il pleut. Ils sentent le froid moins que nous. Il y en avait un qui semblait vieux, son duvet était presque blanc; un autre paraissait tout jeune, avec un duvet vert d'eau. Les autres étaient dans la force de l'âge, et avaient un pelage vert pomme.

— Et d'où viennent-ils, ces démons? demanda le commandant Florenville.

— La question ne se pose pas, répondit M. Balthazard. Ils viennent de la seule planète avec laquelle, pour le moment, nous puissions avoir des relations.

— Vous, s'exclama Delattre stupéfait, vous m'avez l'air aussi sorcier que ces gens-là. Savez-vous comment on les appelait? C'est M. Woznic qui a trouvé ce nom : les « Aréanthropes ».

— Les Aréanthropes? demanda Mrs Papacock. Que signifie?

— Paraît qu'en grec, ça veut dire : les hommes de Mars, de la planète Mars. »

XII

LE PREMIER « DRAME DU PLATINE »

« Tout cela est fort curieux, dit Georges, mais, je vous en supplie, donnez-moi des nouvelles de ma chère femme.

— J'y arrive, répondit Delattre, mais il faut bien que je suive l'ordre des événements. Soyez sans inquiétude.

— Et, demanda le commandant, qu'advint-il des deux autres paquebots, l'*Ile-de-France* et le *Zoulouland*, après leur capture?

— Comme le *Gigantic*, ils furent convertis en usines flottantes, où l'on travaillait sans désemparer à fabriquer des machines invraisemblables, des projecteurs fantastiques, dont les rayons, tantôt visibles, tantôt invisibles, allaient notamment, paraît-il, chercher dans le ciel l'électricité atmosphérique, pour l'utiliser comme force motrice.

— De là, sans doute, remarqua M. de Vassaucourt, les singulières « aurores boréales ».

— Vous l'avez dit. Oh! ces monstres sont très forts! Non contents d'astreindre l'équipage aux travaux forcés, ils réquisitionnèrent tous ceux des passagers qui étaient mécaniciens, ingénieurs, électriciens, dessinateurs ou chimistes, et je fus du nombre.

— Pouvez-vous nous donner de plus amples détails sur les merveilleux appareils que vous avez aidé à construire?

— Ma foi non, Monsieur, car je n'ai jamais été ferré sur la théorie. C'est même le manque d'instruction qui m'a toujours nui. D'ailleurs les « Diables » utilisaient aussi les machines ordinaires; quant aux autres, elles étaient construites par pièces détachées; personne de nous ne connaît le secret du montage. Tout ce que je peux vous dire, c'est que ces gens-là sont mille fois plus savants que nos plus grands savants, et qu'ils savent commander, non seulement aux éléments, comme on disait autrefois, mais probablement à des fluides encore insoupçonnés; en tout cas, ils font ce qu'ils veulent avec l'électricité, dont ils tirent infiniment plus de parti que nous. Je suis convaincu qu'ils pourraient, s'ils le voulaient, tuer tous les habitants de ce globe, qui n'est décidément pas à la hauteur de son collègue Mars.

— Encore une question, dit le Dr Delacourt, d'un air un peu pédant; qu'on appelle ces intrus des Martiens ou des Aréanthropes (du grec *Arès*, le dieu Mars, et *anthropos*, homme), peu importe; mais avez-vous quelque preuve attestant qu'ils viennent bien de la planète guerrière?

— Ils nous l'ont dit eux-mêmes.

— Vous pouviez donc les comprendre?

— Oh! très peu, en ce qui me concerne. Mais M. Woznic était arrivé assez vite à parler leur sacré langage. Ils avaient d'ailleurs organisé un cours de langue aréanthropique, ou martienne, avec projections cinématographiques. Vous comprenez? Ils nous faisaient voir un objet sur l'écran et en même temps le professeur, l'un des Diables, disait le nom de cet objet, comme on le prononce dans leur satanée planète. Moi, je n'ai pas retenu grand'chose, mais M. Woznic fut bientôt devenu assez fort pour causer avec ces bandits et leur servir d'interprète. Mme de la Blanchère, elle aussi, est parvenue à pouvoir parler leur jargon.

— Je le crois facilement, dit Georges.

— Miss Milburne également.

— Je n'en suis pas étonnée, déclara Mrs Papacock.

— Par contre, un des Martiens, le secrétaire de leur chef, apprit assez vite l'anglais et le français. Au cours d'une de ces séances, ils nous firent contempler une vue du système solaire, avec toutes ses planètes. Ça, je m'en souviens assez bien : Mercure, la plus rapprochée du soleil, Vénus qui vient après, puis Mars... Et le professeur, un des Diables, celui qui m'a paru tenir le milieu par l'âge — ni vieux, ni jeune — montra plusieurs fois la planète en se désignant lui-même. Plus tard, il confirma le fait plus explicitement à M. Woznic. Ils appellent leur maudit globe : *zzag-foufl*, c'est-à-dire la terre qui a soif, et ils nomment la nôtre : *trautt-pix-foufl*, ou : la terre humide et barbare. Quant au soleil, il est pour eux *lluzz-foufl-tek*, c'est-à-dire le brillant père des planètes.

— Oh! de plus en plus curieux! dit M. de Vassaucourt en notant ces mots sur son calepin.

— Que vous disait-il encore?

— Que nous sommes des êtres fort imparfaits, des sortes d'animaux parlants, tandis qu'eux, les Aréanthropes, se distinguent par leur science profonde et leur sagesse. L'humanité de la terre, faisait-il entendre, est encore dans l'enfance, tandis que Mars est à l'apogée de la civilisation. C'était toujours M. Woznic qui nous expliquait les pantomimes de ce Pierrot; plus tard, il put même traduire plus littéralement leur langage: il devinait d'ailleurs très bien leur pensée.

— Bien des spectateurs devaient comprendre peu de chose à ces conférences?

— Je vous crois; quelques-uns s'endormaient et ronflaient; alors, l'orateur martien leur lançait un regard de son terrible œil rouge vif (le troisième) à demi ouvert; cela leur faisait l'effet d'une forte gifle, qui les réveillait.

— Très ingénieux, dit le Dr Samary. Mais, d'après le récit de Miss Grâce Milburne, il y aurait eu, à bord du *Zoulouland*, des protestations, des attentats manqués sur la personne des « Diables », des commencements de révolte. Comment cela se pouvait-il, puisque ces Aréanthropes, grâce à leurs yeux et à leurs rayons orangés, savent maîtriser les hommes les plus rebelles et les asservir?

— C'est que le pouvoir de leur troisième œil ne s'exerce bien que sur un seul adversaire : il n'a que peu d'effet sur une foule. En outre, ce magnétisme spécial, grâce auquel ils peuvent tuer facilement un homme, leur cause une importante déperdition de forces nerveuses et ils ne pourraient en abuser sans danger pour eux-mêmes. Quant aux rayons orangés, ils sont irrésistibles, mais seulement pendant que leur lumière frappe les gens; en outre, certaines substances, comme le caoutchouc, neutralisent leur action. Je vous rapporte ici les explications de M. Woznic, car, moi, je n'aurais pas trouvé ça..

— J'avais cru comprendre, dit M. Delacourt, qu'il y avait eu d'autres révoltes? Elles se rattachent apparemment à ce que vous avez appelé « les drames du platine ».

— Effectivement. Donc, nous autres, mécaniciens et métallurgistes, nous avions été frappés de l'aspect insolite des obus dans lesquels ces sacripants avaient voyagé pour venir chez nous. Il ne nous fut pas difficile de reconnaître que c'était du platine, c'est-à-dire un métal qui vaut, au bas mot, quatre fois plus que l'or. En platine également, la plupart des outils et objets métalliques apportés par les Diables. Faut croire que ce métal, si rare sur la terre, abonde chez eux. On était donc en train de dépecer, à la scie, les obus, qui n'étaient d'ailleurs pas de platine massif; ils eussent été trop lourds. Le revêtement seul était de platine, et le reste, le corps principal, d'un métal différent, qui n'existe pas sur notre planète et qui est aussi résistant que le fer, mais bien plus léger; nous l'avions appelé naturellement le *Martium*. Les Diables avaient besoin de ces deux métaux pour leurs maudites machines électriques, auxquelles personne ne comprenait rien.

— Je vous vois venir, dit M. Balthazard.

— Ah! vous avez bonne vue. Donc, faut aussi vous dire que sur l'*Ile-de-France* il y avait avec moi un de mes amis, un certain James Stillford, un Anglais, qui lui-même avait retrouvé sur le *Gigantic* des compagnons de jeunesse. Nous travaillions tous sous les ordres des Diables et des ingénieurs qu'ils avaient domestiqués; nous avions réussi à rester ensemble et nous formions un petit clan de gaillards qui n'avaient pas froid aux yeux (quoique n'en ayant que deux chacun). Donc, un soir, James Stillford nous réunit et nous dit : « Vieux camarades, n'êtes-vous pas dégoûtés de trimer ainsi comme des bêtes? Il faut nous libérer de cet esclavage et du même coup faire fortune. Vous savez ce que vaut le platine? Il y en a ici pour des millions et des milliards. Révoltons-nous et massacrons les Diables; pour ma part, je manie assez bien le couteau; c'est l'arme la plus commode; je les transpercerai en plusieurs endroits, vu que je ne sais pas bien s'ils ont le cœur placé comme nous. Nous vendrons tout ce platine et nous serons tous riches. — Malheureux! lui répondis-je, vous voulez les tuer? — Bah! qu'il me répond, ça ne tire pas à conséquence, mon vieux, ce ne sont pas des hommes : des singes savants tout au plus. — Mais ils ne nous ont pas fait de mal, en somme. — Ils nous tyrannisent et nous exploitent. Et puis, ils n'avaient qu'à rester chez eux. — Mais nous serons foudroyés par leur regard rouge vif et leurs rayons orangés. — Pas du tout : j'ai remarqué qu'ils ne traversent ni le caoutchouc ni le verre noir. Donc, nous n'avons qu'à nous envelopper de manteaux de caoutchouc (comme il y en a ici) en adaptant aux capuchons des masques avec des lunettes noires devant les yeux. — Hurrah! cria (en sourdine) Bill Richardson, une sorte d'hercule de Chicago, qui était de première force à la boxe. — C'est dit? — C'est dit, *by Jove.* » Moi, je n'étais guère partisan de la chose, qui me semblait pleine de dangers; mais Stillford sut endormir complètement mes scrupules et apaiser mes craintes. Nous prîmes toutes nos dispositions, dans le plus grand secret naturellement. Puis nous attendîmes le moment favorable. Il se présenta bientôt.

— Parmi vos compagnons, demanda le commandant, n'aviez-vous pas aussi un certain Pablo Saltillo, Mexicain?

— En effet, comment le savez-vous?

— Vous l'apprendrez plus tard.

— A votre aise; je vois qu'il ne faut plus s'étonner de rien. Il y avait aussi Manuel Garrulos, du Honduras, et le Cubain Raffaelo Morès. Nous choisîmes donc l'instant où tous les Diables s'étaient réunis autour d'une nouvelle machine électrique, des plus extraordinaires, qu'ils essayaient. Ils en faisaient sortir des étincelles bizarres, des espèces de langues de feu bleuâtres, et ça crépitait... Profitant de ce qu'ils étaient absorbés dans cette occupation, nous revêtons au galop nos caoutchoucs avec nos masques, et nous nous précipitons, le couteau à la main, vers les Aréanthropes. Ils nous bombardent aussitôt de leurs yeux au regard rouge vif, mais sans résultat. Voyant cet insuccès et comprenant tout le péril, ils ouvrent leurs ailes et se mettent à sauter deci, delà, comme de grosses poules, échappant ainsi à nos attaques. Cependant l'un d'eux, n'ayant pu fuir assez vite le terrible Bill Richardson, reçoit un coup de couteau, qui lui laboure profondément la cuisse, et son sang vert inonde le sol. Tout à coup, je me sens saisi par derrière et immobilisé. C'étaient les autres passagers, à qui les Diables avaient ordonné, grâce à leur regard orangé, de nous réduire à l'impuissance. Pareille aventure arrive à Manuel Garrulos. Voyant cela, James Stillford et Bill Richardson se collent dos à dos afin de faire face de tous les côtés; Saltillo et Morès agissent de même. Nous n'avions pas songé que ces animaux-là, s'ils ne pouvaient nous tuer de leur troisième œil, pouvaient nous faire tuer par les autres, qui restaient leurs esclaves.

COMPRENANT TOUT LE DANGER, ILS OUVRENT LEURS AILES ET SE METTENT A SAUTER

— On ne s'avise jamais de tout.

— Nous avons failli le payer cher. Un des Martiens nous mitraillait vainement avec un projecteur à rayons orangés, nous étions invulnérables. Mais, tout à coup, le plus malin d'entre eux revient à la machine électrique, la tourne vers nous, y fait fonctionner des manettes et des leviers et voici que leur satanée mécanique lance, par de longues bobines pareilles à des canons, des boules de feu vers Stillford et les trois autres. Vous avez entendu parler, n'est-ce pas, de la foudre globulaire? Eh! bien, c'était la même chose, en petit : des étincelles globulaires. Elles se jettent sur mes compagnons, pénètrent entre les boutons de leurs caoutchoucs et aussitôt explosent contre leurs corps. Ils tombent comme des masses. On les transporte à l'hôpital, où déjà l'on soignait le Diable blessé; moi, on me met au cachot avec Manuel Garrulos.

— Et voilà, conclut M. Balthazard, ce que vous avez appelé le « premier drame du platine ».

— Oui, le second fut bien plus épouvantable. »

XIII

LE SECOND « DRAME DU PLATINE »

« Mais vous devez être fatigué, dit le Dr Samary. Reposez-vous un instant.

— J'ai faim, soupira Delattre.

— Mangez encore un peu. Nous devons toutefois ne vous alimenter qu'avec beaucoup de précaution, car, dans l'état de votre organisme, délabré par l'inanition, une abondante nourriture vous serait fatale.

— Quel plaisir de retrouver des choses agréables au goût! Je ne vous ai pas dit qu'à bord des trois paquebots, isolés en pleine mer et par conséquent réduits à leurs provisions peu importantes, sans possibilités de ravitaillement, les Diables avaient organisé tout de suite une fabrique de pâtes et d'élixirs nutritifs, comme qui dirait des comprimés, dont un gramme valait un kilo de viande, et des extraits concentrés, dont une goutte pouvait remplacer tout un repas.

— Oh! très intéressant, notèrent les médecins.

— Mais ces pâtes et ces élixirs étaient d'une fadeur nauséabonde. Il fallait bien se contenter, sous peine de mourir de faim, de ces composés chimiques, tirés de l'air atmosphérique et de l'eau de mer. Pourtant je vous avoue que la seule pensée d'un bon bifteck aux pommes, d'un succulent gigot, d'un poulet bien rôti, me plongeait dans un abîme de regrets. Et, pour comble, nos tyrans avaient mis sous clef les vins et les liqueurs.

— Vous savourerez de nouveau toutes ces bonnes choses; mais continuez votre récit.

— J'étais donc au cachot, avec Garrulos. Les autres, ceux qu'avaient frappés les étincelles globulaires, n'étaient pas morts, comme je l'avais craint, mais seulement évanouis. Ils revinrent bientôt à eux et nous rejoignirent en prison. Presque aussitôt nous comparûmes devant les Diables réunis en tribunal, sans doute comme ils le font dans Mars.

— Oui, une cour... *martiale,* risqua M. Balthazard.

— Oh! je vous assure qu'à ce moment-là nous n'avions pas envie de faire de jeux de mots. Le plus vieux présidait, vous savez? celui qui était vénérable par son duvet presque blanc. Le plus jeune ne se trouvait pas là : il était malade.

— N'y avait-il pas de diablesse?

— Non, ces monstres-là ne possèdent pas de compagnes; c'est pour eux, paraît-il, un grand bonheur et une immense tranquillité.

— Malhonnête! s'écria Mrs Papacock.

— Mes excuses, Madame, je répète seulement ce qu'ils ont déclaré à M. Woznic. Mais revenons au tribunal. Je vous assure qu'en comparaissant devant lui nous n'étions pas fiers. M. Woznic servait d'interprète et tous les passagers, officiers et marins, assistaient, de près ou de loin, à la scène.

« Misérables, dit le vieux Martien, vous avez voulu nous tuer, pour nous voler ce métal, qui chez vous, paraît-il, est très précieux. Vous êtes donc doublement coupables, d'autant plus que nous ne vous avions fait aucun mal. Nous sommes venus sur la terre pour la régénérer en l'instruisant et lui donner plus de bonheur. Mais nous voyons que les hommes sont plus barbares encore que nous ne pensions et qu'ils ne méritent pas d'être heureux, car ils font eux-mêmes leur malheur. Vous allez mourir, et peut-être serons-nous obligés d'anéantir toute la race humaine, afin de la remplacer par la nôtre. A cause de vous, nous allons être désormais cruels, impitoyables. Vous serez cause de l'extermination de vos semblables, car la loi suprême est que l'être inférieur cède la place à un être plus parfait. Préparez-vous à la mort. J'ai dit. »

— C'était catégorique.

— Oui, ces gens-là ignorent ou dédaignent l'éloquence. Ils disent les choses carrément. Ils ne sont guère sensibles. En fait de sentiment, ils ne connaissent que l'amitié, l'amour paternel et l'amour filial. Mais ils sont justes, loyaux, fidèles, désintéressés.

— Alors, vous trouvez juste qu'ils vous aient condamnés à mort?

— J'avoue que nous ne l'avions pas volé. Personne, du reste, n'osait prendre notre défense, pas même M. Woznic, excellent homme, mais trop timide. Ce fut alors que Miss Milburne...

— Chère cousine! s'écria M. Balthazard.

—... s'avança héroïquement et dit à peu près ceci : « Vénérable Père, ces hommes sont en effet de grands coupables, ils méritent un châtiment; l'humanité est très imparfaite; mais, sur notre pauvre globe, on connaît quelque chose de plus beau que la justice : c'est la miséricorde. Il est juste de punir, il est parfois plus beau de pardonner.

— Je la reconnais bien là! dit Mrs Papacock.

— Ces hommes, continua-t-elle, ont souffert de la pauvreté, qui trop souvent, ici-bas, conduit au mal. Ils ont voulu voler et tuer. Mais vous-mêmes, ne vous êtes-vous pas emparés de ces trois navires, qui appartiennent à des Terriens? Vous ne nous avez pas tués, mais vous nous gardez prisonniers, nous séparant des êtres qui nous sont le plus chers, ce qui nous cause une souffrance plus cruelle que la mort. Enfin, je ne crois pas que l'humanité soit tout entière mauvaise; elle comprend, au total, une immense majorité de braves gens et l'on doit oublier ses vices, en considération de ses vertus. Je te demande grâce pour ces six hommes.

— Etrange enfant, aux longs cheveux, répondit le vieil Aréanthrope (car c'est ainsi qu'ils appellent les femmes), tu as dit des paroles singulières et peut-être profondes. Tu as soigné, avec dévouement plusieurs des nôtres, qu'avaient blessé tes frères. Je veux bien, sur tes instances et par considération pour toi, faire grâce de la vie à ces criminels; voici ma sentence : qu'ils soient mis dans une chaloupe, avec un morceau de ce platine qu'ils convoitent et deux jours de vivres. S'ils sont recueillis par un navire, tant mieux pour eux. Quant à l'humanité, je consens à différer sa destruction et même son asservissement, mais, s'il m'est prouvé encore qu'elle est foncièrement méchante, la grande loi de l'Evolution suivra son cours. J'ai dit.

— Vous voyez, remarqua Mrs Papacock, que les femmes sont bonnes à quelque chose.

— Je n'ai jamais prétendu le contraire.

Nous remerciâmes vivement Miss Milburne. Mais notre sort n'était guère moins cruel. On nous embarqua donc sur la chaloupe que vous avez recueillie. On nous donna un peu de pâtes et de liqueurs nutritives et, par dérision sans doute, un morceau de platine d'une quinzaine de kilos. En outre, chacun de nous gardait dans ses poches de menus objets de ce métal : vis, boulons, rivets, débris, qu'on nous avait laissés.

— Vous étiez donc six, dit le commandant : nous avons trouvé le corps de Pablo Saltillo. Que sont devenus les quatre autres?

— C'est une effroyable histoire, poursuivit Delattre d'un air sombre. Je frémis encore en y pensant. Nous avions dressé un mât et une voile de fortune, mais le vent n'était pas favorable, il nous eût éloignés de la route des transatlantiques. Nous avions donc amené la voile et nous attendions, tous de fort méchante humeur. Soudain Bill Richardson pousse un grognement et dit, d'un ton plutôt blessant, à James Stillford : « Vraiment, vieux camarade, vous nous avez engagés dans une sotte aventure. Pour croire que nous pourrions tuer comme ça les Diables verdâtres, il faut que vous soyez une grande bête!

— C'est possible, répond aigrement Stillford, mais il me déplaît de me l'entendre dire par un porc saigné comme vous!

ENTRAINÉ PAR LE POIDS DU LOURD MÉTAL, IL ROULA A SON TOUR DANS LA MER

(*bluddy pig*) » A ces mots, Bill se met à le boxer. James se défend; bientôt étant inférieur à son adversaire en force comme en habileté, il s'arme d'une tige de fer, qu'il a avisée au fond de la barque, et en frappe à la tempe Bill, qui tombe atteint mortellement. Mais il a le temps de saisir James par le bras; tous deux roulent dans l'abîme, où ils s'engloutissent.

— Affreux! s'écria M. de Vassaucourt.

— Raffaelo Morès et Manuel Garrulos échangent un sourire abominable. Puis un long silence pèse sur nous. Et voici que ces deux canailles prennent à partie Pablo Saltillo : « Mon pauvre Pablo, dit Garrulos, tu n'as pas eu de chance : tu t'es laissé désarmer et capturer peu glorieusement ; tu ne dois donc pas avoir part à l'argent que représente ce morceau de platine.

— *Corpo do Christo!* s'écrie le Mexicain, et vous, n'avez-vous pas été désarmés aussi par les Diables ?

— Ce n'est pas la même chose ; nous sommes tombés les armes à la main et comme foudroyés par les étincelles globulaires. Nous sommes de vaillants soldats. Toi, tu es un prisonnier de guerre, qui n'as droit à rien.

— C'est ce que nous verrons, rugit Pablo en cherchant à saisir le métal précieux. Mais les autres le rouent de coups et, lorsqu'il est étourdi, le jettent par-dessus bord.

— Quelle vision de cauchemar ! dit Georges.

— Et toi, me demande doucereusement Morès, réclames-tu ta part ? Je lui réponds : « Hélas ! j'ai des goûts si modestes, que la richesse ne me tente nullement. Revoir mon pays natal, reprendre le métier qui me faisait vivre, c'est toute mon ambition. Je vous laisse tout le métal précieux, dont je n'ai nul besoin. — Tu es sage. » Le vent avait tourné ; il soufflait dans la bonne direction, cette fois. Nous hissâmes la voile, mais elle était mal assujettie et retombait. On mourait de faim, car, au cours de ces luttes tragiques, la bouteille d'élixir nutritif avait été cassée et la boîte de pâtes précipitée dans les flots. Nous étions, en outre, exténués de froid et de fatigue ; nul n'osait dormir, de peur d'être jeté à la mer ou étranglé pendant son sommeil. Et les jours se passaient, interminables. Mes deux compagnons commençaient à donner des signes d'affolement et je ne valais pas mieux. « Il me semble, dit Garrulos, que j'aperçois une fumée à l'horizon ; sans doute le paquebot qui nous sauvera ? Regarde, Morès, tu as de meilleurs yeux que moi ». Morès se hausse sur la pointe des pieds, à l'avant de l'embarcation, abrite ses yeux de sa main et regarde. Alors Garrulos, rassemblant ce qui lui reste de forces, lui donne un terrible coup de tête dans les reins ; l'autre fait un plongeon, mais, excellent nageur, cherche aussitôt à remonter dans la barque. Alors son ami d'hier lui assène sur la tête de formidables coups de gaffe, et le repousse assommé dans l'abîme.

— Et vous restez seul avec Garrulos ?

— Oui ; ce tête à tête n'avait rien d'agréable. Manuel me regardait d'un air bizarre ; il commençait à donner quelques signes de dérangement cérébral ; je sentais, moi aussi, la folie me gagner. « Alors, c'est vrai, mon vieux, me demande-t-il, que tu ne réclames pas ta part du butin ? — Tout à fait vrai. — Tu as raison, l'argent ne fait pas le bonheur. Combien cela peut-il valoir ? — Environ cent mille dollars. — Tu en es sûr ? — Sûr. — Mon vieux Michel, j'ai de la sympathie pour toi. Si tu tombes jamais dans la misère, je te prendrai à mon service ; tu cireras mes bottes ». Et il éclata de rire. Puis il contempla longtemps le morceau de platine avec tendresse. Enfin il le souleva, le prit dans ses bras et le berça comme un enfant, en chantant un air de son pays ; il perdait le nord, quoi ! Mais voilà un fort coup de vent qui couche la barque. Mon Garrulos, peu solide sur ses jambes, et entraîné par le poids du lourd métal, roule à son tour à la mer et coule au fond avec son trésor.

— Vous ne les avez regrettés ni l'un ni l'autre ?

— Ma foi non ; ce platine maudit semblait attirer la mort. Je reste prostré dans la chaloupe, expirant de soif et de faim ; pour comble, l'ouragan brise le mât et emporte la voile ; quand je regarde le ciel, j'y vois le reflet odieux des lueurs orangées qui me poursuivent et semblent me rappeler vers les monstres tout-puissants... Enfin je perds définitivement connaissance... Puis vous me recueillez, vous, mes sauveurs, et me voici, plein de gratitude pour vos bontés.

— Que pensez-vous de tout cela ? demanda M. Balthazard au commandant ?

— Connaissant les hommes, répondit M. Florenville, je redoute un effroyable conflit avec ces Aréanthrophes. Je crains des choses terribles. »

A ce moment, la vigie signala un cuirassé, qui semblait venir au-devant de la *Franche-Comté*.

XIV

A LA RENCONTRE DES DIABLES

Comme bien on pense, les passagers de la *Franche-Comté* ne gardèrent pas pour eux ces révélations sensationnelles. Georges de la Blanchère s'empressa de les communiquer par télégraphie sans fil aux journaux avec lesquels il avait traité. Cette transmission s'effectuait au moyen de relais, c'est-à-dire d'autres navires échelonnés entre la côte française et le paquebot émetteur, dont l'installation n'était pas assez puissante pour actionner directement les postes récepteurs.

Le *Mascarille*, l'*Epoque* et le *New-York Advertiser* (édition de Paris et de New-York) s'empressèrent naturellement d'offrir à la curiosité passionnée de leurs lecteurs les premières nouvelles qu'on eût reçues encore des « disparus ».

Ce fut un soulagement immense d'apprendre qu'ils étaient vivants et ne paraissaient pas en danger. Mais, en même temps, le désir de les revoir s'en trouva considérablement accru et l'opinion publique mit les gouvernements en demeure de les arracher aux mains (ou aux griffes) des affreux Diables Verdâtres.

Les pouvoirs publics, dans les trois pays, firent connaître qu'ils n'avaient pas manqué de prendre les mesures qu'exigeaient les circonstances et que des cuirassés étaient en route pour ce qu'on appelait le théâtre des mystérieux drames de l'Atlantique. A la vérité, ces bâtiments de guerre venaient seulement de partir avec un grand retard, augmenté par ce fait qu'au dernier moment on leur avait prescrit d'embarquer un abondant approvisionnement de manteaux de caoutchouc, destinés à préserver les officiers et l'équipage des puissants rayons orangés.

En Angleterre et aux Etats-Unis, des paris s'organisèrent sur l'issue de l'expédition; en France, les journaux ouvrirent de grands concours, dotés de nombreux prix. Et naturellement tout le monde commentait les articles des journaux. Les astronomes cherchaient à faire vérifier l'exactitude de leurs hypothèses sur l'habitabilité de la planète Mars, et ils expliquaient aux profanes la raison d'être des particularités qu'offraient les Aréanthropes. Les plus remarquables — et les plus remarqués — de ces articles furent ceux de M. Marion dans l'*Epoque*.

« N'oublions pas, disait-il, que Mars, bien qu'assez semblable à la Terre, en diffère cependant à divers points de vue. Sur ce globe, plus petit que le nôtre, la pesanteur est bien moindre; c'est pour cette raison que les Martiens sont grands, gros et pourvus d'ailes, qui leur permettent peut-être, chez eux, de voler. Soumis, chez nous, à une force centripète très supérieure, ils se sentent certainement mal à l'aise, alourdis comme des gens qui auraient mis des semelles et des bracelets de plomb, ou encore une des pesantes armures d'autrefois, qui gênent tous les mouvements. Par contre, la densité de l'air, beaucoup plus forte, ici, offre à leurs ailes un point d'appui plus ferme. Mais ils souffrent de la chaleur, bien plus grande que sur leur planète.

« Les inventions merveilleuses dont on nous parle n'ont rien qui puisse nous surprendre, car les données astronomiques avaient permis depuis longtemps de conjecturer que les habitants de Mars devaient être bien plus avancés que nous dans les sciences et probablement aussi parvenus à une civilisation moins barbare (si l'on peut accoupler ces deux mots contradictoires). Leur planète est, en effet, plus âgée relativement que la nôtre; elle a dû parvenir à une maturité remarquable, tandis que la Terre est encore dans l'enfance. Il est vrai, mais c'est une piètre consolation pour nous, que Mars, très probablement, mourra avant notre globe et que déjà peut-être il touche à la vieillesse.

« Pourquoi ses habitants viennent-ils chez nous? La réponse découle de ce qui précède. Ils veulent coloniser la Terre, événement que l'on a déjà souvent prédit; la Terre, plus jeune, plus belle, plus riche, pleine de verdure, arrosée par de vastes mers, immenses réservoirs de vie, de sels, d'hydrogène, d'oxygène et de mille autres trésors; par des fleuves abondants, engendrés par les nuages qui flottent dans une atmosphère épaisse et dense. Tandis qu'eux, ces pauvres Aréanthropes, souffrent de l'épuisement de leur planète presque desséchée, n'ayant que de la neige et des marécages au lieu d'océans et à peine irriguée lors de la fonte des glaces polaires. La terre est pour eux comme un jardin verdoyant et fleuri ; ils l'admirent, comme la caravane qui meurt de soif dans le désert s'émerveille devant une oasis où des palmiers croissent magnifiquement autour d'un puits aux eaux fraîches.

« Devons-nous craindre ces visiteurs inattendus? Non, sans doute. Leur dessein est-il de nous exterminer? Je ne le pense pas. D'après ce qu'on nous rapporte, ils auraient plutôt l'intention de nous instruire, de nous régénérer, de nous élever jusqu'à leur niveau, tout en nous dominant, au besoin, par la force. Ne nous hâtons pas de crier à l'impérialisme, à l'oppression, et de nous croire condamnés à l'esclavage. Si différents de nous que soient ces hommes étranges, ce ne sont ni des bêtes féroces, ni des négriers; au contraire, ils nous sont certainement très supérieurs. Mais, n'ayant nullement notre sensibilité, ils nous comprendront peut-être mal; là est le danger. Si nous les prenons par la douceur, nous pourrons, je l'espère, vivre en paix avec eux et faire notre profit de leur science prodigieuse. Si, au contraire, nous les traitons avec injustice, de manière offensante, agressive et cruelle, ce sera la guerre, et une guerre sans merci, dans laquelle nous avons toutes les chances d'être vaincus, écrasés, broyés. Imaginez des paysans armés seulement de bâtons, qui voudraient lutter contre des soldats d'élite, pourvus de fusils, de canons, de mitrailleuses, de grenades, de revolvers, de gaz asphyxiants et de tout ce qu'a inventé le génie malfaisant de l'homme pour massacrer ses semblables... L'issue d'un tel combat ne peut être douteuse. Faisons donc appel à toute notre prudence pour franchir ce terrible tournant de l'histoire de la terre; jamais heure si grave n'a encore sonné pour l'Humanité. »

Ces sages conseils ne furent compris que des rares personnes dont l'intelligence était assez ouverte aux idées générales pour en saisir la portée. Quant à la masse du public, elle fut choquée de ce qu'elle appela « les exagérations d'un vieux savant craintif ». Les gens bornés ne voyaient dans « les Diables verdâtres » que des bêtes, plus intelligentes et plus redoutables que les autres. D'ailleurs peut-on être verdâtre? Les nègres, à la rigueur, sont admis, ils inspirent même de la pitié. Mais des êtres d'une couleur si anormale ne pouvaient passer, aux yeux du vulgaire, que pour des animaux ou pour des démons, que l'on pouvait, que l'on *devait* même pourchasser et détruire comme des loups ou des tigres. Quant à leurs inventions mirifiques, on n'y croyait guère; on se disait que l'émotion, la peur, à parler franc, avait troublé les facultés des victimes de cette singulière aventure.

« Tout ça, déclarait la voix populaire, soutenue par certains esprits forts, ce sont des imaginations de journalistes! Quelques bons obus nous débarrasseront de cette vermine ailée. »

Malheureusement, si l'on bombardait le *Gigantic*, l'*Ile-de-France* et le *Zoulouland*, on avait les plus grandes chances de tuer les passagers et les équipages de ces navires, plutôt que les Aréanthropes; là était la difficulté. Ces hommes, ces femmes, ces enfants étaient les otages des Martiens et leur sauvegarde.

C'était aussi naturellement cet obstacle qui préoccupait surtout les commandants des cuirassés anglais, français et américains, arrivés à proximité de l'endroit où semblaient se produire les fameuses aurores boréales. Ils se concertèrent sur la conduite à tenir, et dès l'abord une querelle regrettable faillit se produire entre eux, sur le point de savoir qui présiderait leur conseil improvisé. L'Angleterre, qui avait envoyé deux bâtiments contre un des deux autres nations, prétendait diriger l'expédition, en sa qualité d'impératrice des mers. Les Etats-Unis et la France eussent difficilement accepté cette subordination. Par bonheur, on reconnut que le commandant Maxwell, du cuirassé britannique *Invincible*, était le doyen d'âge, de quelques mois. Il fut donc élu amiral de la flotte alliée. Et le conseil, ayant délibéré, en faisant état des dépêches radiotélégraphiques reçues par lui, décida qu'avant tout il convenait de rejoindre la *Franche-Comté*, pour procéder à l'audition du témoin oculaire, Michel Delattre, et à la lecture du récit de Miss Grâce Milburne. C'était pourquoi les quatre cuirassés s'étaient dirigés vers le navire de la Compagnie Générale Transatlantique.

L'entrevue fut fort courtoise, de part et d'autre. Les commandants des cuirassés admirent dans leur conseil le commandant Florenville, Georges de la Blanchère, M. Balthazard, M. de Vassaucourt, tous à titre consultatif. Mrs Papacock n'obtint pas la même faveur et s'en montra fort dépitée.

Qu'allait-on faire? Comment atteindre les Diables sans mettre en danger leurs prisonniers?

« Les bombarder est évidemment impossible, dit le commandant Griffiths, du cuirassé anglais *Leviathan*.

— Le blocus me paraît la seule solution, déclara le commandant Stephenson, du cuirassé américain *Liberty*.

— Mais il ne sera guère efficace, ajouta le commandant du cuirassé français *Lazare-Carnot*, M. de Mirmont; ces gens-là vivent de pâtes et d'élixirs nutritifs, qu'ils tirent de l'air et de l'eau; on ne peut les prendre par la faim, ce qui serait d'ailleurs affamer aussi leurs victimes.

— Du moins, dit M. Florenville, on pourra les surveiller et les immobiliser, car vous pensez bien qu'ils ne resteront pas toujours en pleine mer. Sitôt que leurs machines et leurs appareils seront prêts, ils partiront vraisemblablement dans la direction d'un des continents terrestres.

— Pourquoi, demanda M. Balthazard, ne tenterions-nous pas d'entrer en communication avec eux, par télégraphie sans fil?

— Mais vous savez bien, objecta Georges, que leurs radiations orangées neutralisent les ondes hertziennes, ou du moins troublent les appareils et les rendent inutilisables?

— Oui, mais parce qu'ils le veulent ainsi. Je suis persuadé que, s'ils comprennent que nous voulons communiquer avec eux, ils nous entendront et nous répondront.

— Eh bien! nous essaierons. Pour le moment, allons à leur rencontre et advienne que pourra! »

Résolument, les cinq navires mirent le cap vers les « aurores boréales », qui leur indiquaient la direction à suivre et s'élancèrent, de toute la vitesse de leurs hélices, vers le redoutable inconnu que représentaient les Aréanthropes, et que nul n'avait encore osé affronter.

Tout le monde, à bord, avait revêtu les manteaux de caoutchouc à capuchon, avec masques et lunettes noires, qui devaient protéger les membres de l'expédition.

La nuit était fort avancée; plus on approchait de ce que M. Balthazard appelait « l'escadre diabolique », plus les lueurs devenaient vives et se révélaient complexes. On y distinguait maintenant des reflets rouges, bleus et violets.

Bientôt le premier éveil de l'aube en tempéra les étranges couleurs d'une blancheur nacrée, puis d'un rose tendre et pur.

Des milliers d'yeux, fixés à des jumelles dont les verres avaient été fumés, afin d'éviter la nocive influence des radiations mystérieuses, inspectaient l'horizon avec une anxieuse curiosité, et les cœurs battaient d'inquiétude en même temps que d'impatience.

Quelqu'un cria soudain : « Je *les* vois! »

Quelques instants après, tout le monde aperçut en effet les navires.

Ils se présentaient en ligne; le premier à gauche semblait être le *Gigantic*. Lorsqu'on put mieux les discerner, on constata qu'ils n'étaient pas immobiles.

Ils voguaient à grande vitesse, vers l'Est, c'est-à-dire vers les côtes de France.

XV

DEUX RADIOGRAMMES

Les événements qui se produisirent alors appartiennent à l'histoire. Relatés et commentés dans toutes les langues de l'univers, ils ont été, non pas niés (chose impossible), mais dénaturés de diverses façons. Il nous paraît donc utile de reproduire ici quelques extraits du journal de bord de la *Franche-Comté,* rédigé avec une parfaite conscience par le commandant du paquebot, avec la collaboration de Georges de la Blanchère.

Quoiqu'il s'agisse de faits bien connus, la lecture de ce journal jette sur eux, croyons-nous, une lumière nouvelle, et en fait ressortir la grandeur tragique.

« 12 *Mai.* — 11 *heures* 25. — Après une délibération nouvelle du conseil, il a été résolu de tenter la chance d'un entretien avec les « Diables » par télégraphie sans fil, conformément à la proposition de M. Balthazard. Donc le cuirassé anglais *Invincible*, dont le poste de T.S.F. est le plus puissant, va leur envoyer le message qui suit :

« Au nom de l'Humanité terrestre, nous demandons aux représentants de l'Humanité martienne de rendre la liberté à ceux de nos semblables qu'ils retiennent sur les trois transatlantiques arrêtés et capturés. Tout au moins, nous les prions de libérer les femmes, les enfants et les vieillards, dont la présence ne peut que les gêner. Nous espérons entretenir de bons rapports avec les premiers voyageurs interplanétaires, lorsqu'ils auront relâché leurs prisonniers. »

« Les mots « frères », « fraternel », « salut admiratif », que M. Balthazard avait proposé d'insérer dans cette adresse, n'ont pas été admis par le Conseil, dont la majorité est franchement hostile aux intrus.

« 12 *Mai*...... 17 *h.* 11. — Le télégramme a été lancé, en français et en anglais.

« 13 *Mai*...... 10 *h.* 22. — La réponse vient de parvenir, elle est ainsi conçue : « Les Aréanthropes saluent les Terriens, leurs frères inférieurs, et feront tout leur possible pour les tirer de la barbarie. Les enfants, ainsi que les grands enfants aux longs cheveux et les vieux Terriens vont être réunis à bord du navire *Ile-de-France* et seront libres de poursuivre leur voyage. Les Aréanthropes invitent les Terriens à les rejoindre, afin de préparer l'accord *géo-aréien*, qui aura pour but de conduire dans la voie du Progrès cette jeune planète si arriérée. »

« Le Conseil s'est aussitôt réuni pour délibérer. L'impression générale a été mauvaise. Voici un résumé des appréciations :

« Commandant Griffiths, du *Leviathan*. — Croyez-vous que ce soit assez insultant?

« — M. Balthazard. — En conscience, je ne pense pas que les Martiens veuillent nous insulter ; mais ils ne pratiquent aucun de nos usages et ils ne connaissent apparemment rien de pareil à ce que nous appelons : civilité, politesse, courtoisie, encore moins rien qui ressemble à la souplesse de nos diplomates ; ils disent sans détours ni circonlocutions ce qu'ils estiment être la vérité. Nous ne devons pas nous en offenser.

« — Commandant Griffiths. — Impossible! « Frères inférieurs », ils nous considèrent comme des animaux.

« — Commandant de Mirmont, du *Lazare-Carnot.* — Nous préférons notre « barbarie » à leur science prodigieuse.

« — Commandant Maxwell, de l'*Invincible.* — Mais que veulent-ils dire avec leur accord géo-aréien?

« — M. Balthazard. — L'accord entre les Terriens et les Aréanthropes. Je pense qu'ils veulent conclure un traité avec nous...

« — Commandant Stephenson, du *Liberty.* — C'est-à-dire : nous asservir et devenir les Maîtres de la Terre...

« — Commandant Maxwell. — Et de la mer. Jamais l'Angleterre ne permettra cela!

« — Commandant Florenville, de la *Franche-Comté.* — Enfin l'essentiel est qu'ils mettent en liberté les femmes, les enfants et les vieillards.

« — Commandant Stephenson. — Peut-on se fier à leur parole?

« — M. de Vassaucourt. — Nous le saurons bientôt.

« — Commandant Griffiths. — S'ils tiennent leur promesse, nous pourrons ensuite les bombarder avec moins de scrupule.

« — M. Balthazard. — Y pensez-vous? D'abord vous faites bon marché de leurs captifs masculins et puis ce serait de notre part une horrible déloyauté, une véritable trahison.

« — Commandant Griffiths. — Il faut absolument réduire ces envahisseurs à l'impuissance et en purger notre planète.

« — Commandant Maxwell. — Oui, exorcisons ces Diables.

« — M. Balthazard. — Je le répète, prenons garde! La perte ou le salut de l'humanité sont entre nos mains. Pas de violences, nous les paierions cher. »

« 13 *Mai,* 15 *h.* 35. — Toutes les lorgnettes, braquées sur les navires diaboliques, y constatent un mouvement anormal, de personnel et de matériel. Autant qu'on peut s'en rendre compte, l'un des bâtiments (c'est *L'Ile-*

de-France) est vidé de la plus grande partie de son équipage et reçoit à bord les femmes, les enfants et les vieillards qui se trouvaient sur le *Gigantic* et le *Zoulouland*. Les Aréanthropes tiennent donc leur promesse.

« 14 *Mai*, 8 *h*. 43. — *L'Ile-de-France* se sépare de ses deux compagnons et vogue vers nous à petite vitesse. Nous allons à sa rencontre.

« Seule tristesse, dans cette joie : plusieurs enfants, qui voyageaient avec leurs pères seuls, ont été séparés d'eux, tous les passagers mâles (à l'exception des enfants et des vieillards) ayant été retenus par les Martiens, qui décidément ne comprennent guère nos sentiments.

« Quant à l'*Ile-de-France* même, ce pauvre navire est dans un triste état ; une grande

M. BALTHAZARD FAISAIT ENFIN LA CONNAISSANCE DE SA COUSINE, MISS GRACE MILBURNE

« 14 *Mai*, 10 *h*. 57. — Arrivée de l'*Ile-de-France;* le Conseil interallié se rend à son bord. Minute de profonde émotion. Comment décrire les scènes attendrissantes qui se produisent, la joie délirante des malheureux enfin rendus à la liberté? Surtout le bonheur de Georges de la Blanchère, qui retrouvait sa femme, et le ravissement de M. Balthazard, qui faisait enfin la connaissance de sa cousine, Miss Grâce Milburne. Toutes deux m'ont paru des femmes supérieures. A citer, parmi les autres passagers : Lady Davidson, la princesse Tornabuoni et ses enfants, le cardinal de Courrières, archevêque de Lyon, M. Lefranc-Robin, le vénérable savant, la maharanée de Sigwala, l'illustre princesse hindoue, le pasteur Coleridge et ses filles, le jeune Donald Withlock, fils du roi des Aspirateurs électriques, le célèbre milliardaire, etc...

partie de ses machines et de leurs accessoires a été enlevée ; on ne lui a laissé que le minimum strictement indispensable pour permettre une marche réduite, et, de fait, c'est à peine s'il a eu la force de venir jusqu'à nous, à très lente allure, ayant à peu près épuisé le peu de charbon qu'on lui avait laissé.

« Ce paquebot, ne pouvant continuer sa route (d'ailleurs son équipage est absolument insuffisant), devra être remorqué jusqu'en Europe. C'est à la *Franche-Comté* que, d'un commun accord, a été confiée cette mission. Avis conforme a été donné par M. de Vassaucourt, représentant de la Compagnie Générale Transatlantique ; il revient avec nous, donnant l'exemple du devoir. Je n'ai pu que m'incliner, tout en regrettant de m'éloigner du théâtre de l'aventure, juste au moment précis où je pressens qu'il va se passer des choses extraordinairement passionnantes.

« Plus heureux que moi, M. et Mme de la Blanchère, M. Balthazard et sa cousine Miss Grâce, ainsi que Mrs Papacock, pourront en être témoins. Ils ont demandé la faveur d'être pris à bord du cuirassé français *Lazare-Carnot*, ce que le commandant de Mirmont n'a pas cru pouvoir leur refuser. Miss Milburne et Mme de la Blanchère pourront d'ailleurs fournir des renseignements précieux sur les Aréanthropes. Quant à Michel Delattre, il a tenu à regagner la France le plus tôt possible. Il ne veut plus avoir aucun rapport, même de loin, avec les « Diables ».

« Le médecin et le chirurgien souhaitaient de rester dans ces parages, mais ce vœu n'a pu être exaucé, à leur grand regret.

« 15 *Mai*, 9 *h*. 4. — La *Franche-Comté*, remorquant l'*Ile-de-France*, part pour Le Havre. Les passagers ont été répartis entre les deux navires. Le personnel de service et le personnel sanitaire embarqués en prévision de toute éventualité permettent d'assurer aux intéressantes victimes des Aréanthropes tout le confort et tous les soins désirables. Du reste, il n'y a pas de malades à signaler, seulement quelques cas de courbatures ou de neurasthénie légère et divers malaises causés par la fatigue et les émotions. Le temps est splendide, la mer parfaitement calme. On peut dire que tout va bien.

« 15 *Mai*, 10 *h*. 1. — Nous venons de perdre de vue les cuirassés qui se dirigeaient vers le *Gigantic* et le *Zoulouland*.

« 15 *Mai*, 10 *h*. 14. — Un coup de canon ébranle les airs. Qu'est-ce là? Bombarderait-on les Aréanthropes? C'est invraisemblable.

« 15 *Mai*, 10 *h*. 32. — Chose extraordinaire, le temps se gâte soudain. Des nuages apparaissent, sortis je ne sais d'où. Un grain violent semble se préparer; de mémoire de marin, je n'ai jamais vu pareil changement à vue. Le centre de l'ouragan passera d'ailleurs assez loin de nous. Mais, détail curieux, nos passagers, et surtout nos passagères, se montrent fort effrayés. Ils m'entourent : « Fuyons à toute vapeur, commandant » implorent-ils. — Pourquoi? Il n'y a rien à redouter.

— Il faut tout craindre, au contraire. Fuyons! Peut-être nous poursuivent-ils? — Qui? — Eux! les Diables, les *Maîtres de la Foudre et de la Tempête*. »

XVI

OU IL EST QUESTION DE LA FOUDRE GLOBULAIRE ET DES CANAUX DE MARS

Au document qu'on vient de lire, et qui fait, à juste titre, autorité, nous pouvons en joindre un autre, plus précieux encore, puisqu'il est *inédit*. Nous voulons parler de notes personnelles prises par le commandant Maxwell, du cuirassé anglais *Invincible*, vaisseau amiral de l'escadre alliée, et dont ce très distingué officier de la marine britannique devait se servir pour rédiger son journal de bord. Ce cuirassé, on se le rappelle peut-être, a été détruit lors des terribles événements qui faillirent dégénérer en irréparables désastres.

Les notes qu'on lira plus loin ont été prises sur le vif. Nous avons eu la bonne fortune de les recueillir, par le plus heureux des hasards, chez M. Magloire, épicier au Pollet, le pittoresque faubourg de Dieppe. Cet estimable commerçant tenait ces papiers (dont il enveloppait ses marchandises) d'un pêcheur, qui les avait trouvés dans une sorte de cassette étanche, échouée sur la grève de Pourville.

« 15 *Mai*. — Je sors du Conseil (10 h.), où je viens de faire prévaloir mon avis, non sans peine, car j'avais contre moi M. et Mme de la Blanchère, M. Balthazard et Miss Grâce Milburne (heureusement, ils sont seulement membres consultatifs) et M. de Mirmont, commandant du *Lazare-Carnot*, qui, lui, a voix au chapitre. Tout d'abord, le commandant Stephenson, du cuirassé *Liberty*, hésitait; finalement, il s'est rallié à ma proposition, qui était d'envoyer aux « Diables », à titre d'avertissement, un obus, puis de leur télégraphier un ultimatum les mettant en demeure de libérer les prisonniers qu'ils retiennent encore.

« Faute de réponse satisfaisante, nous engagerons la bataille, ce sera bien le diable (c'est le cas de le dire) si, avec nos quatre cuirassés, nous ne réduisons pas à l'impuissance les Martiens indésirables, si savants qu'ils soient.

« J'ai demandé le meilleur pointeur de nos deux bâtiments et je lui ai dit : John Crockes, écoutez-moi bien; il est entendu que vous enverrez à ces monstres un obus inoffensif, qui passera tranquillement au-dessus de leurs sales têtes; mais, si, par un curieux hasard, cet obus démolissait un peu leur mâture et les damnés appareils qu'ils semblent y avoir adaptés, cela n'en vaudrait que mieux. — Compris! m'a-t-il répondu.

« A la vérité, il faut plutôt compter sur la chance que sur l'habileté du pointeur, tant la chose est difficile. Nous approchons; on distingue mieux le réseau bizarre de câbles métalliques tendu par les Aréanthropes entre les mâts; on dirait d'immenses toiles d'araignées. Dommage qu'on ne puisse pas faire éclater là-dedans quelques douzaines d'obus, mais cette opération risquerait de hacher également les prisonniers des Diables, ce que l'opinion publique admettrait difficilement. Je le regrette.

« Crookes vient d'envoyer son obus. *By Jove!* quelle déveine, c'est à peine si la toile d'araignée est un peu trouée.

« Maintenant l'opérateur transmet par T. S. F. le message suivant :

« Libérez tous vos captifs, sinon nous vous « bloquerons, nous abattrons toute votre mâ- « ture à coups d'obus et nous détruirons vos « machines ».

« A ma grande surprise, je l'avoue, ces animaux-là ne paraissent pas effrayés. Est-ce parce qu'ils ont des moyens d'action extraordinaires? Mme de la Blanchère et Miss Milburne l'affirment, mais j'en doute. Quoi qu'il en soit, ils répondent :

« Insensés fils de la Terre, vous vous re- « pentirez de nous avoir contraints à user de « violence. »

« J'attends quelques minutes, rien. Ces gens-là doivent *bluffer;* que peuvent-ils contre des cuirassés? Ils n'ont pas de sous-marins, que je sache, ils ne peuvent pas nous torpiller. La mer est calme et le ciel presque entièrement bleu.

« Oh! très curieux... il me semble que les nuages grandissent et se multiplient à vue d'œil. L'air fraîchit et paraît se saturer d'électricité... un brouillard léger s'élève de la mer autour du *Gigantic* et du *Zoulouland*. Il épaissit rapidement... Je n'ai jamais vu pareil phénomène. Le voici devenu tout à fait « purée de pois ». Il est maintenant opaque et les deux navires, qui ressemblaient il y a un instant au Vaisseau Fantôme, s'effacent et disparaissent complètement. En même temps, d'énormes nuées d'orage s'amoncellent dans le ciel et la mer se démonte. Etrange, mais qu'est-ce que cela peut nous faire? Sur nos monstres d'acier, nous ne craignons ni la tempête, ni la foudre.

« Bizarre! cet orage n'a pas la physionomie ordinaire. Les nuages ont une couleur rougeâtre absolument insolite, et l'on voit des traînées lumineuses serpenter sur eux, comme de longs mille-pattes, formés d'étincelles. L'atmosphère devient incroyablement lourde, on respire très difficilement. Ces nuages seraient-ils chargés d'une *autre électricité que la nôtre?* Je commence à être un peu inquiet.

« Diable! voici trois globes d'un rouge éblouissant qui se forment dans le nuage le plus bas, s'en détachent comme des oranges mûres, et descendent, avec une relative lenteur. Ils paraissent venir sur mon bâtiment. Bah! ils se déchargeront contre le blindage. Néanmoins je suis peu rassuré. J'ordonne à tous de s'effacer, en se collant contre des surfaces métalliques. Et j'enferme ces notes, qui me seront précieuses, dans un coffret solide, fermant hermétiquement. Puissé-je les reprendre bientôt sans encombre, pour y enregistrer notre victoire!

« Vive l'Angleterre! Vive la Terre! A bas Mars et les Aréanthropes! »

Le vœu du malheureux officier n'a pu être exaucé. On n'a certainement pas oublié la catastrophe aussi brutale que complète dans laquelle disparut l'*Invincible,* avec son commandant, ses officiers et tout son équipage. Mais il n'est pas inutile de préciser les circonstances dans lesquelles se produisit ce malheur, d'ailleurs imputable à l'infortuné commandant Maxwell, car ce fut lui, en somme, qui déclara la guerre aux Aréanthropes (contrairement aux sages avis de M. Balthazard, et en dépit des avertissements de Mme de la Blanchère et de Miss Grâce Milburne). Il fut puni de son injuste violence et de sa folle témérité; malheureusement, il entraîna dans la mort tous ceux qui étaient à bord de son navire et déclencha contre l'humanité tout entière les épouvantables fléaux qui la mirent à deux doigts de l'anéantissement.

Voici donc ce que virent les témoins de cette scène tragique :

Trois globes de feu se détachèrent des nuages et descendirent vers l'*Invincible,* dont les autres cuirassés se trouvaient assez éloignés, par bonheur. Ces boules éblouissantes paraissaient attirées irrésistiblement par la masse métallique; la première toucha une tourelle, la deuxième un canon, la troisième le blindage; chaque fois une formidable explosion retentit; puis on vit de longues flammes sinueuses rayonner en tous sens sur le cuirassé, en même temps qu'on percevait des craquements gigantesques; puis une nouvelle série d'explosions éclatèrent, de plus en plus effroyables, et le navire s'abîma dans les flots, tandis qu'une pluie de mitraille était projetée tout autour, dans un large rayon, blessant plusieurs matelots sur les autres bâtiments.

Par quel miracle le coffret où le commandant avait enfermé ses notes échappa-t-il à la destruction et fut-il entraîné jusque sur les côtes de Normandie? Nul ne le saura jamais.

Quant aux causes précises d'une catastrophe si soudaine, elles sont claires : les globes de feu avaient provoqué la déflagration des poudres, et l'éclatement des obus; le cuirassé avait sauté. Mais ce n'est pas tout : d'après les observations minutieuses faites par M. Balthazard et son examen des débris d'acier recueillis, la décharge des boules incandescentes, qui étaient la manifestation d'une « foudre globulaire », de nature encore inconnue, avait décomposé le métal, modifié violemment sa constitution moléculaire et l'avait fait éclater de toutes parts, comme ces larmes de verre trempé, qui se pulvérisent entièrement si l'on brise leur pointe effilée.

Fort heureusement, les autres cuirassés

« DES GLOBES DE FEU PARAISSENT VENIR SUR MON BATIMENT »

étaient indemnes; les Diables avaient exclusivement visé le navire d'où était parti l'obus, et qu'ils avaient désiré punir ; les nuages rouges ne laissèrent plus tomber de foudre globulaire; ils restèrent menaçants toutefois, et une brume épaisse continua de cacher le *Gigantic* et le *Zoulouland.*

« Que concluez-vous de tout cela? demanda le commandant de Mirmont, du cuirassé *Lazare-Carnot*, à Mme de la Blanchère et à Miss Grâce Milburne.

— Tout d'abord, répondit la jeune fille, que, par la faute du commandant Maxwell (il l'a payée de sa vie), l'état de guerre existe entre les Aréanthropes et les Terriens; c'est un grand malheur; et je crains qu'il ne soit irréparable. Les Aréanthropes nous ont dit franchement, brutalement même, que si nous les accueillions en ennemis, ils nous anéantiraient; ils mettront d'autant plus sûrement leur menace à exécution qu'ils abhorrent particulièrement la déloyauté.

— Que faire alors? Essayer de négocier avec eux?

— Oui, mais je crains qu'il ne soit trop tard.

— D'ailleurs nous n'avons pas mandat pour cela; il faut donc en référer à nos gouvernements respectifs, qui arrêteront vraisemblablement une ligne de conduite commune.

— Mais, dit le commandant Griffiths, cela demandera un certain délai, et pendant ce temps les Aréanthropes nous échapperont.

— Espérons plutôt, dit Mme de la Blanchère, que nous leur échapperons.

— Un point m'intrigue, dit le commandant Stephenson. Ces êtres bizarres ont été surnommés par les passagers remis en liberté « les Maîtres de la Foudre et de la Tempête » et nous venons de voir qu'ils semblent mériter ce titre : ils ont suscité un brouillard dense, puis des nuages orageux, enfin les terribles manifestations d'une foudre globulaire apparemment différente de celle que nous connaissons, puisqu'elle décompose à distance les poudres, les explosifs et même les molécules métalliques de l'acier. Savez-vous quelque chose au sujet de ces prodiges?

— Je ne puis vous les expliquer; mais j'ajouterai que les Aréanthropes, en raison même de la sécheresse de leur planète, où la très faible pression atmosphérique ne permet pas à l'eau de rester liquide, ont dû s'ingénier à percer les mystères de la météorologie. Ils sont parvenus, grâce à l'électricité, à recueillir et à condenser la vapeur d'eau provenant des glaces polaires, à diriger le vent et les nuages (assez rares chez eux et généralement formés de longues aiguilles de glace) et à les faire fondre sur les terres cultivées. Celles-ci sont ordinairement situées le long de leurs principales routes aériennes, sillonnées par d'innombrables avions électriques, les uns fantastiquement rapides, les autres capables de transporter les charges les plus lourdes. Ainsi, tandis que, pour leurs besoins, ils emmagasinent l'eau dans des réservoirs, sous pression d'air comprimé, ils fertilisent sur leur globe de longues et larges bandes rectilignes, que recouvrent d'exubérantes végétations, céréales et plantes comestibles, sans parler des immenses marécages, glacés la nuit, humides le jour, que peuplent des herbes et des roseaux, utilisés également par l'industrie aréanthropique.

— Ce seraient donc, dit Georges, ces bandes de terre couvertes de végétation, que Schiaparelli et tant d'autres illustres astronomes ont prises pour des canaux?

— En effet.

— Mes compliments, Madame, dit M. Balthazard. Vous êtes le premier être humain à qui ait été révélé, dans sa grandiose simplicité comme dans sa prodigieuse origine, le passionnant mystère des *canaux de Mars.* »

XVII

LA DÉCONVENUE DES SOUS-MARINS. — LE PLI SECRET

A la nouvelle de la destruction foudroyante du cuirassé *Invincible*, le gouvernement du Royaume-Uni, ainsi du reste que les autres gouvernements alliés, furent saisis de stupeur. En raison de l'urgence, le Premier ministre anglais et le Président du Conseil français eurent une entrevue à Boulogne; ils échangèrent des télégrammes avec le Président des Etats-Unis. La conclusion de ces délibérations fut qu'il convenait d'envoyer contre les Aréanthropes des submersibles de fort tonnage, armés de canons.

Ce genre de bâtiments paraissait, en effet, pouvoir échapper aux divers rayons émis par les Diables, ainsi qu'à la foudre globulaire. Leur mission devait être d'émerger pendant la nuit et de tenter de détruire, au moyen d'obus spéciaux, les superstructures du *Gigantic* et du *Zoulouland*, afin de réduire les Diables à l'impuissance, en les privant de leur source d'énergie électrique. C'était tout ce qu'on pouvait faire, car le torpillage des navires était naturellement inadmissible.

Ce nouveau programme fut réalisé d'extrême urgence, et bientôt quatre sous-marins, deux français et deux anglais, prenaient le large pour se porter à la rencontre des Diables.

Mais, pendant ce temps, ceux-ci ne restaient pas inactifs. Quand la brume artificielle dont ils s'étaient enveloppés se fut dissipée, les deux paquebots avaient disparu. Les cuirassés durent se mettre à leur poursuite. De quel côté les chercher?

« Vers l'Est, sans aucun doute, déclara M. Balthazard, car ils ont certainement repris leur marche vers le continent le plus proche, c'est-à-dire l'Europe. »

Après discussion, le Conseil se rangea finalement à cet avis. Les cuirassés se dirigèrent en éventail, l'un vers l'Est, l'autre vers l'Est-Nord-Est, l'autre vers l'Est-Sud-Est.

Ils ne tardèrent pas à découvrir le *Gigantic* et le *Zoulouland*, qui, sans laisser échapper aucune fumée, voguaient vers la France à une vitesse considérable. La situation devenait critique.

On n'était plus, en effet, qu'à cinq cents kilomètres environ de la pointe du Finistère, et, à cette allure, les Martiens ne tarderaient pas à débarquer en Bretagne, si toutefois leur intention était de toucher terre, ce qui paraissait vraisemblable.

Quant aux sous-marins, ils n'eurent pas grand'peine à repérer les deux navires, grâce au reflet *d'aurore boréale* qui continuait à les envelopper la nuit. Ils manœuvrèrent donc avec précaution et plongèrent, afin de s'approcher à bonne distance, d'émerger à la faveur des ténèbres et de canonner les réseaux électriques des Aréanthropes.

Les cuirassés se tenaient prêts à secourir les submersibles, en tant qu'ils en seraient capables.

« Qu'augurez-vous de cette nouvelle attaque? demanda Georges au commandant Stephenson?

— Je crains, répondit celui-ci, que les Diables ne suscitent des trombes et des tourbillons, qui pourront mettre en péril les sous-marins, même en plongée.

— Quant à moi, déclara M. Balthazard, je suppose plutôt qu'ils se défendront par des moyens nouveaux, que nous ne saurions prévoir. Mais je suis persuadé qu'ils seront vainqueurs.

— Je ne le crois pas; toutefois, je ne saurais donner aucune raison sérieuse à l'appui de cette conviction. »

Dans la nuit, très noire, seules, les lueurs mystérieuses éclairaient l'espace au-dessus du *Gigantic* et du *Zoulouland*. Tout semblait favoriser les sous-marins. Allaient-ils réussir dans leur difficile et dangereuse tentative?

Soudain, la mer, devant les deux transatlantiques, devint comme phosphorescente; une lumière bleuâtre, émanant d'eux, se diffusa puissamment dans la masse liquide, non de tous les côtés, mais d'un seul; évidemment la présence des sous-marins était signalée et ils seraient bientôt repérés. Que se passa-t-il alors? On ne le comprit que plus tard. Après quelques minutes angoissantes, qui parurent d'une longueur interminable, on vit les sous-marins remonter à la surface, mais dans quel état! Ils étaient couverts d'une épaisse couche de glace, qui les entourait d'une carapace blanche et surtout immobilisait complètement l'hélice. De plus, le capot était, lui aussi, bloqué par la glace et ne pouvait s'ouvrir.

Les petits bâtiments, réduits à une absolue

LE COMMANDANT O'GALLIGAN FIT CONNAITRE LA TENEUR DE CE MESSAGE

impuissance, et sans doute fort inquiets, demeurèrent inertes, sans pouvoir même aller demander secours aux cuirassés.

Ceux-ci s'approchèrent, pendant que les Diables, ayant éteint leur lumière bleuâtre, continuaient leur voyage à *toute électricité* vers les côtes de Bretagne.

Comme de coutume, on demanda des explications à Miss Milburne et à Mme de la Blanchère.

« Je me rappelle maintenant, dit la fiancée de M. Balthazard, avoir entendu les Aréanthropes faire allusion à cette lumière bleuâtre, qui a la propriété de modifier l'état de tous les corps. Les hommes de Mars sont des maîtres dans l'art de faire passer la matière par les formes innombrables qu'elle peut revêtir. Vous savez que l'énergie est une, que la lumière, la chaleur, l'électricité n'en sont que des états différents et peuvent se remplacer mutuellement, si l'on fait varier le mode ou la rapidité de vibration des particules infiniment petites qui les composent. De même, la constitution des corps peut varier à l'infini, suivant le système de gravitation de leurs atomes; les Diables savent transformer la lumière en électricité, ou en chaleur, ou en froid, opérer la transmutation des métaux, rêvée des anciens alchimistes et faire prendre à leur gré, à la matière, toutes les formes qu'ils veulent, solide, liquide, gazeuse ou éthérée. C'est pour eux un jeu que de congeler ou vaporiser l'eau, fondre, volatiliser, dissocier toute substance. Ce sont des savants, mais ils nous apparaissent comme plus prodigieux encore : appelons-les donc les Magiciens de la Science.

— Bravo, ma cousine! Je vous admire! » s'écria M. Balthazard, enthousiasmé.

Cependant, on achevait de décongeler les sous-marins au moyen de jets d'eau chaude, et le Conseil allait se réunir pour entendre les rapports des commandants de ces petits navires, quand arriva un dreadnought britannique, l'*Empire*, battant pavillon de l'amiral O'Galligan, porteur d'un pli secret de la plus haute importance « à ouvrir dans le cas où l'attaque par sous-marins aurait échoué. »

Il fallait donc procéder à l'ouverture de ce pli. Cette opération fut faite avec une solennité que justifiaient les circonstances. Les assistants attendaient, le cœur serré d'anxiété, que le commandant O'Galligan, devenu soudain très pâle, fit connaître la teneur de ce message. Il s'y résolut enfin d'une voix tremblante, après avoir fait jurer à tout le monde de garder le secret le plus absolu.

« Le premier lord de l'Amirauté, dit-il, nous ordonne de faire espérer aux Aréanthropes notre capitulation complète en posant comme condition préalable qu'ils débarquent tous leurs prisonniers. Nous devons les attirer sous ce prétexte à Plymouth, assurer ce débarquement, en ayant soin de faire stopper les deux navires au-dessus des mines dormantes qui constituent la défense sous-marine fixe de notre grand port militaire. Quand il ne restera plus d'hommes sur le *Gigantic* ni le *Zoulouland*, nous tiendrons nos ennemis à notre merci et nous pourrons, s'il est nécessaire, faire sauter les deux paquebots avec leurs hôtes indésirables.

« Dans le cas où les autres gouvernements ne croiraient pas devoir s'associer à ces mesures, elles devront néanmoins être exécutées par les soins des deux bâtiments britanniques, l'*Empire* et le *Leviathan.* »

Un tragique silence accueillit cette communication. Les officiers anglais (notamment ceux des sous-marins, qui étaient furieux de leur échec) exprimèrent leur satisfaction. Les représentants des marines française et américaine, au contraire, formulèrent de graves réserves, sur un plan qu'ils estimaient périlleux au plus haut point pour l'humanité tout entière. Ils eussent désiré en référer à leurs gouvernements respectifs, mais cela était impossible, puisque le secret devait être gardé; il était d'ailleurs indispensable pour le succès de l'entreprise.

M. Balthazard et Miss Grâce firent des objections plus énergiques encore.

« Il *faut*, répliqua l'amiral, vaincre et supprimer ces monstres; *il le faut* à tout prix, pour sauver la Terre.

— Loin de là, déclara M. Balthazard, c'est la condamnation à mort de toute l'espèce humaine que vous allez prononcer.

— Mon devoir est d'obéir, et j'obéirai, conclut l'amiral O'Galligan.

— Et si nous prévenions les Diables de ce qui les attend? dit Mme de la Blanchère.

— En ce cas, répondit froidement l'amiral, je serais obligé de vous traiter, vous aussi, en ennemis; je vous bombarderais et vous coulerais. Pour mieux assurer la garde du secret que je vous ai confié, je prie les honorables commandants des cuirassés alliés de ne pas s'éloigner, de rendre inutilisables leurs postes transmetteurs de télégraphie sans fil, et de me donner leur parole de ne rien faire qui puisse contrarier le plan adopté. Je dois leur notifier officiellement que j'ai été investi du commandement en chef de l'escadre terrienne. »

Et l'amiral produisit l'ordre de service par lequel ces fonctions lui étaient confiées, conformément aux délibérations des gouvernements de Grande-Bretagne, de France et des Etats-Unis.

Il n'y avait qu'à s'incliner.

Le message suivant fut donc adressé aux Aréanthropes :

« Sommes disposés à envisager l'acceptation de toutes vos conditions, si vous débarquez tous vos prisonniers. Vous attendrons à Plymouth, où aura lieu leur débarquement et signature éventuelle accord géo-aréien.

« Salut et fraternité interplanétaire ».

Peu après, parvint cette réponse :

« Terriens, prenons acte de votre soumission, qui pour vous sera féconde. Mettons cap sur Plymouth. Que le grand ingénieur de l'univers vous conduise à la Sagesse, si votre cœur est pur. Et que la Terre accomplisse sa destinée! »

XVIII

DES CHIMÈRES ANCIENNES AUX PRODIGES MODERNES

On ne lira peut-être pas sans intérêt quelques notes scientifiques prises à ce moment par M. Balthazard et que nous avons obtenu l'autorisation de publier.

Du passé a l'avenir

« Ce qu'il y a peut-être de plus curieux dans la science moderne, c'est qu'elle semble arriver, par ses recherches méthodiques, au même résultat que l'antique alchimie, aux divinations audacieuses.

« Il est de mode, aujourd'hui, de railler les alchimistes ; c'est un tort. Tout d'abord, c'est à eux que la chimie doit d'inestimables inventions, comme celle de l'alambic, jadis à trois tubulures (*Alambicus tribicus*). Ils nous ont transmis de précieuses découvertes, qu'ils tenaient des Arabes, qui eux-mêmes avaient recueilli le savoir des Egyptiens, des Chaldéens et des Grecs ; par exemple, concernant certains alliages métalliques, la teinture en pourpre et les vertus des plantes.

« Et puis, si leur moisson contenait moins de bon grain que d'ivraie, il n'en pouvait être autrement. On ne saurait exiger d'hommes du Moyen Age, dénués d'esprit critique, et d'héritiers des rêveurs alexandrins la rigueur des savants actuels.

« Jadis, toute science était l'objet d'un double enseignement : *exotérique,* c'est-à-dire qui pouvait être communiqué à la foule ignorante et malveillante et compris par elle ; *ésotérique,* réservé à de rares initiés, bien choisis et soigneusement préparés à recevoir les doctrines secrètes que les Maîtres cachaient jalousement — et prudemment ; car les alchimistes, assimilés aux Mages et aux sorciers, étaient persécutés, comme tous les novateurs trop hardis. Tout enseignement écrit était complété par des gloses verbales, dont il ne reste plus trace et sans lesquelles les livres que nous avons demeurent pleins d'une obscurité d'ailleurs voulue. Les alchimistes parlaient très souvent par symboles.

« Il n'est donc pas surprenant qu'ils se soient égarés, avec leur théorie des quatre éléments : la terre, l'eau, l'air et le feu ; les relations supposées entre les métaux et les planètes et surtout leur folle recherche du « Grand Œuvre », c'est-à-dire de la Pierre Philosophale, substance qui devait avoir, entr'autres propriétés, celles d'opérer la transmutation des métaux et de guérir toutes les maladies. La fabrication de l'or (chrysopée), de l'argent (argyropée) à partir de métaux vils, comme le plomb : la préparation d'une *Panacée,* remède universel et par suite élixir de longue vie, sont chimériques et pourtant contiennent peut-être en germe les vérités de la science de demain.

« Nos hypothèses, en effet, semblent nous faire entrevoir de plus en plus clairement l'unité de la matière : tout serait composé des mêmes atomes, qui eux-mêmes constitueraient de minuscules systèmes solaires : noyaux infiniment petits, entourés de parcelles plus petites encore (électrons) gravitant autour d'eux comme les planètes autour du soleil. Les différentes vitesses de vibration formeraient les divers corps que nous connaissons, ainsi que les fluides, parmi lesquels nous en soupçonnons d'inconnus encore, dont peut-être plus tard l'emploi changera la face du globe.

« Si l'on part de vibrations très lentes (jusqu'à une soixantaine par seconde — oscillations mécaniques), pour arriver aux chiffres vertigineux de neuf à dix *quintillions* de vibration (un quintillion est égal à un milliard de milliards) on rencontre successivement : les sons, l'électricité, avec ses courants de basse et de haute fréquence, une lacune, correspondant à des radiations non encore rencontrées, la chaleur, la lumière, avec son spectre, qui va des rayons infra-rouges aux rayons ultra-violets, d'autres radiations ignorées, les rayons X *mous,* les rayons X *durs,* les rayons gamma du radium ; enfin probablement encore des radiations inconnues ; comme l'importance de ces radiations augmente régulièrement avec la fréquence de leur vibration, il est loisible de supposer que ce dernier inconnu correspond à ce fluide merveilleux et si mystérieux qu'on appelle la Pensée ; à son support matériel, plutôt, car elle a en elle quelque chose de beaucoup plus sublime, que la science ne peut analyser.

« Nous voici loin des alchimistes, de leur œuf philosophique, ou pierre d'Egypte, symbole du monde ; de leur dragon *ouroboros* (serpent qui se mord la queue), signifiant que ce monde n'a ni commencement ni fin ; de leur scarabée, qui était supposé soutenir le zodiaque, de leur *macrocosme* (l'univers), dont l'homme (le *microcosme*) est un résumé. Nous ne croyons plus que le soufre et le mercure engendrent tous les autres corps, ni qu'une substance puisse opérer, comme par un coup de baguette du fabuleux Hermès Trismégiste (*trois fois le plus grand*) la fameuse transmutation des métaux. Mais nous croyons que cette transmutation n'est pas impossible ; elle aurait été déjà réalisée aux Etats-Unis par Wendt et Ivon en soumettant, dans le vide, à une explosion électrique développant une chaleur voisine de 50.000 degrés, un filament de tungstène, qui a été transformé en hélium.

« Les savants futurs reprendront donc peut-être le rêve du docteur Faust et même de ses ancêtres, de Démocrite, ce précurseur, auteur d'une théorie des atomes remarquable pour son époque, et d'Héraclite, qui voyait l'énergie universelle dans le Feu, expression large et symbolique, correspondant à la « matière radiante » de Crookes. Selon l'antique expression « le Tout est un ».

« Mais que dis-je? les savants futurs ne feront que découvrir de nouveau ce qu'ont déjà trouvé les Martiens, ces « Diables verdâtres », habiles à transformer à leur gré, pour l'utiliser, le fluide unique et tout-puissant qui meut les mondes.

« Ils se riraient bien, apparemment (si toutefois ils savent rire) de nos vieux alchimistes; et pourtant, ils leur ressemblent : ils sont les alchimistes de la science transcendante.

« Ils ont réalisé chez eux, et commencent à reproduire sur notre globe, le « Grand Œuvre », transmutation des corps et des forces, et aussi Panacée universelle, car ils savent, paraît-il, prévenir ou guérir presque toutes les maladies.

« Ah! s'ils pouvaient nous apporter, nouvelle pierre philosophale, le remède aux maux qui désolent la terre! Surtout aux vices et aux crimes qui déshonorent cette misérable petite planète, une des plus méprisables, sans aucun doute, de l'immense univers. »

XIX

LES ÉVÉNEMENTS DE PLYMOUTH

Nous entrons maintenant dans le domaine des faits bien connus, dont l'exposé détaillé figure dans les archives des marines alliées, ainsi que dans les journaux, par exemple : le *Mascarille* et l'*Époque*. Mais, nous le répétons, ces faits ont été souvent dénaturés : une mise au point est nécessaire. On sait que l'abondance des documents, loin de favoriser la découverte de la vérité, la rend parfois plus difficile à discerner, tout au moins jusqu'à ce que les patients efforts des historiens aient pu, en soumettant les témoignages à une critique serrée, séparer de l'ivraie le bon grain.

Le récit qu'on va lire a été rédigé d'après les documents du ministère de la Marine, complétés par les notes des témoins les plus autorisés : M. Balthazard, Miss Milburne et M. et Mme de la Blanchère.

Donc, l'escadre alliée mit le cap vers Plymouth, après avoir télégraphié l'heureuse nouvelle de la prochaine libération des prisonniers et de l'arrivée des « Diables Verdâtres » en chair et en os.

Le *Gigantic* et le *Zoulouland*, renonçant à se cacher dans leurs brumes artificielles, se dirigèrent, eux aussi, vers le port militaire anglais, où les autorités improvisèrent en toute hâte une réception brillante et originale.

A l'entrée de la rade, une immense bande de toile fut tendue; on y avait peint, au-dessous d'un gigantesque « Welcome », les figures astronomiques de la Terre et de Mars, réunies par un trait qui symbolisait l'alliance, l'amitié ou du moins l'entente cordiale entre ces deux planètes.

Une cérémonie officielle avait été organisée; le premier lord de l'Amirauté, en personne, devait recevoir les illustres et redoutables visiteurs. Mais, au dernier moment, il s'était ravisé, songeant sans doute que ces gens-là savaient lire les pensées au moyen de leurs yeux tricolores et devineraient, par ce moyen, ce qu'il voulait leur cacher.

Ce fut donc à des figurants décoratifs : autorités civiles, vétérans médaillés, officiers de marine tenus dans l'ignorance des ordres supérieurs, savants débonnaires, que l'on confia la mission de recevoir les « Diables Verdâtres ». Des discours éloquents avaient été composés, un lunch d'honneur devait même être offert aux « ambassadeurs de Mars », mais ils firent savoir que, se nourrissant seulement de pilules et d'élixirs nutritifs, ils n'avaient besoin de rien, qu'ils ne pouvaient souffrir les paroles inutiles et désiraient d'ailleurs ne déranger personne.

Le jour attendu si impatiemment arriva. Malgré toutes les mesures prises pour tenir secrète l'heure du débarquement, une foule immense et frémissante, à grand'peine contenue par un service d'ordre très sévère, s'était massée à tous les endroits d'où l'on pouvait voir le port.

Quand les cuirassés anglais, l'*Empire* et le *Leviathan* arrivèrent, ils furent l'objet d'ovations indescriptibles, mais lorsqu'on vit apparaître à leur suite les deux vaisseaux mystérieux, le *Gigantic* et le *Zoulouland*, avec leurs extraordinaires superstructures, leurs réseaux de fils de cuivre, leurs immenses bobines, leurs antennes métalliques supportant des câbles et des récepteurs formés de sortes de cages hérissées de pointes de platine, le sentiment dominant fut une stupeur, qui étranglait dans les gorges les « hurrahs » habituels des jours de fête.

D'innombrables lunettes et jumelles se braquèrent sur les deux navires, mais on n'y put voir aucun Martien; quant aux passagers, ils se pressaient sur le pont, attendant leur délivrance avec une fébrile impatience.

Le débarquement s'opéra sans encombre, à l'endroit désigné. Les Aréanthropes demeuraient invisibles. Quand le dernier « terrien » eut quitté le bord (c'était M. Woznic, l'interprète, qui semblait s'éloigner à regret), les plus hardis des personnages officiels qui devaient recevoir les « Diables » s'aventurèrent sur les paquebots. Le commandant Murray, l'ingénieur Mac Dougal, l'astronome Shepherd et le Révérend Julius Armstrong, clergyman, se précipitèrent les premiers sur le *Gigantic*, tandis que la passerelle du *Zoulouland* était de même envahie par le capitaine de vaisseau Penbrock, le sollicitor James Fitz-Patrick, le Dr Farnborough, M. Harry-Mortimer, le savant professeur d'Oxford, et quelques autres personnes téméraires, parmi lesquelles on cite une femme, Mrs Dorothy Palsgrave.

SUR LE PONT ÉTAIENT TRACÉS DES CERCLES DE PEINTURE ROUGE QU'IL LEUR FUT IMPOSSIBLE DE FRANCHIR

Tous éprouvèrent une étrange déception : sur le pont de chacun des bâtiments étaient tracés des cercles de peinture rouge, qu'il leur fut impossible de franchir; leurs pieds et leurs poings semblaient se heurter à une muraille invisible, mais plus impénétrable qu'un blindage d'acier. Bientôt, d'ailleurs, le commandant du port leur intima l'ordre de revenir à terre; on fit alors évacuer tous les abords, car le moment approchait où les mines dormantes allaient jouer leur rôle terrible. Le *Gigantic* et le *Zoulouland* dont, seuls maintenant, les Diables constituaient les officiers et l'équipage, allaient passer au-dessus des épouvantables engins de mort, dont l'explosion les coulerait sûrement. Sans doute, les Aréanthropes ne seraient pas tués pour cela. Ils auraient probablement le temps de fuir dans les airs au moyen de leurs hydravions perfectionnés. Mais leurs usines électriques seraient détruites, ils redeviendraient impuissants. comme des naufragés, qu'ils étaient naguère. On connaissait maintenant l'étrange et redoutable pouvoir de leurs trois yeux, et l'on saurait s'en garantir. Ils ne tarderaient pas à être capturés et mis à mort. Le Directeur du British Museum avait déjà demandé la dépouille de ces monstres, pour en orner la plus belle salle de son établissement.

Bien plus, leurs hydravions semblaient propulsés par des ondes électriques, produites par de mystérieuses génératrices placées sur les navires et qui, par conséquent, allaient disparaître. Donc, les machines volantes ne pourraient même plus fonctionner... Tout était pour le mieux, et l'on serait délivré de ces odieux envahisseurs, qui voulaient conquérir la terre afin de la régénérer... ou de l'exploiter à leur profit exclusif.

Pour le moment, ils devaient avoir mis en marche de nouvelles machines, car on percevait un ronflement, sourd, et cependant aigu, si l'on peut dire; une vibration extraordinaire et d'autant plus inquiétante qu'elle était à peine perceptible. Le soir tombait déjà, on voyait des étincelles, ou plutôt des aigrettes violet pâle, s'échapper des pointes de platine qui hérissaient les antennes et les câbles multipliés sur les deux navires. Ces effluves semblaient agir également sur l'eau, car elle s'éclaira d'une sorte de phosphorescence violacée.

En même temps, d'étranges effets furent constatés dans la ville: les lampes électriques s'éteignirent, les moteurs électriques cessèrent de tourner, puis des courts-circuits se produisirent dans les usines génératrices, provoquant de graves incendies. Quant au téléphone, au télégraphe, aux sonneries électriques, aux récepteurs de télégraphie et de téléphonie sans fil, à plus forte raison, leur fonctionnement fut complètement suspendu.

Cependant le *Gigantic* et le *Zoulouland* poursuivaient leur route, s'éloignant à une allure assez modérée; on sentait qu'ils ne se pressaient pas. Ils atteignirent la ligne des mines, puis la dépassèrent, sans éprouver aucun dommage et sortirent tranquillement de la rade.

Ce fut, pour ceux qui connaissaient le redoutable secret, un affolement. Le commandant du port, qui avait tenu, en raison de son écrasante responsabilité, à lancer lui-même l'étincelle de mise à feu, se jugea déshonoré, perdu et tenta de se brûler la cervelle; heureusement, il ne fut que blessé, un des officiers présents ayant fait dévier le revolver. Le représentant du premier lord de l'Amirauté n'était pas moins désespéré; mais, plus maître de lui-même, il fit procéder sur-le-champ à une enquête, qui permit de reconnaître :

1° Que les appareils étaient en parfait état;

2° Que le contact électrique avait bien été donné ;

3° Que cependant l'étincelle n'avait pas jailli ;

4° Que ce fait, en apparence inexplicable, devait être rapproché de ce qui avait été observé dans toute la ville : interruption des courants électriques de toute nature;

5° Que ce phénomène était évidemment dû à une intervention des Aréanthropes, qui se méfiaient sans doute et avaient cru bon de prévenir toute attaque en soumettant la ville, ainsi que les eaux du port, à l'action irrésistible de ce qu'on pouvait appeler, faute de terme plus précis : un *fluide anti-électrique*.

Par acquit de conscience, mais sans grand espoir, ordre fut donné aux canons de la côte de tirer sur les paquebots, et aux torpilleurs de les poursuivre. Les batteries obéirent et les rapides petits bâtiments s'élancèrent à toute vapeur; mais les Diables ne purent être coulés, ni même atteints; les obus et les torpilles, par l'effet du fluide *anti-électrique*, éclataient avant d'atteindre leur but. En outre, par l'action des mêmes ondes, radiations ou vibrations, l'*indice de réfraction* de l'air était considérablement modifié, comme on s'en aperçut plus tard; d'où il résultait que l'adresse des plus habiles pointeurs était mise en défaut; car, par la déviation du rayon visuel, ils apercevaient les deux navires ailleurs qu'à l'endroit exact où ces derniers se trouvaient. Ainsi arrive-t-il à l'enfant qui cherche à tuer d'une balle de carabine un poisson nageant dans un bassin. Bientôt d'ailleurs les Aréanthropes dissimulèrent leur marche derrière un brouillard épais.

Des avions prirent l'essor prudemment et suivirent de loin le *Gigantic* et le *Zoulouland*, ou plutôt la masse brumeuse qui les enveloppait, à seule fin de savoir quelle direction prendraient les Diables.

Déjà le premier lord de l'Amirauté, qui se faisait tenir au courant des événements et n'avait pas caché sa furieuse déception, prenait, sans beaucoup de confiance, des mesures pour essayer de protéger Londres contre une invasion aréanthropique. La nouvelle du départ des Martiens pour une destination inconnue commençait en effet à se répandre et les populations affolées réclamaient désespérément la protection du gouvernement.

Ces craintes étaient vaines, ou du moins prématurées. Les aviateurs qui surveillaient « l'escadre ennemie » envoyèrent bientôt, par pigeon voyageur, la T. S. F. ne fonctionnant pas, le message suivant :

« Aréanthropes se dirigent vers côtes de France, vont passer au large de Cherbourg. Paraissent mettre cap sur Le Havre. »

TROISIÈME PARTIE

XX

CE QUI SE PASSAIT AU HAVRE

A bord des cuirassés restés au large de Plymouth, on avait compris, sans peine, ce qui s'était passé. Le guet-apens n'avait pas réussi; une fois de plus les Aréanthropes, grâce à leur science déconcertante, avaient réduit à l'impuissance les Terriens criminels et hypocrites. La guerre continuait, elle allait devenir, sans nul doute, plus acharnée que jamais.

Cette douloureuse pensée plongea dans une

tristesse profonde Miss Grâce Milburne, Mme de la Blanchère, Georges et M. Balthazard. Ils ne pouvaient se dissimuler les uns aux autres leurs terribles appréhensions, auxquelles se mêlait la honte d'appartenir à l'espèce humaine, coutumière des trahisons les plus infâmes.

« Qu'allons-nous faire? demanda Georges.

— Revenir en France, dit M. Balthazard. J'avoue que je commence à être un peu las de ces aventures, de la vie de marin, et surtout de ces angoisses, et que je désirerais revoir... »

Il allait dire « mon Clos Sans Façon », mais ne prononça pas ce nom peu élégant et continua : « Revoir Paris, Bois-Colombes, et ma petite maison, dont je dois faire les honneurs à ma cousine.

— Oui, dit Miss Milburne, je serai heureuse de la visiter, mais plus tard. Pour le moment, je désire aller vers les Aréanthropes, pour leur dire que les hommes ne sont pas tous déloyaux et perfides.

— C'est aussi mon intention, déclara Mme de la Blanchère. Le sort de l'humanité tout entière se trouve peut-être entre nos mains. Sans doute, les habitants de Mars sont pleins de ressentiment; ils se préparent à dévaster notre pauvre planète, pour la peupler de leurs semblables. A tout le moins, ils réduiront les hommes en esclavage. Qui sait s'il n'est pas temps encore de les fléchir.

— J'incline à penser, dit M. Balthazard, que vous avez raison. Il y a donc le plus grand intérêt à rejoindre les Aréanthropes; mais, comme le voyage peut être très périlleux, je propose que nous l'entreprenions seuls, Georges et moi.

— Très bien, approuva ce dernier.

— Nous ne vous quitterons pas, répliqua Miss Grâce; d'ailleurs vous avez besoin d'interprètes; nous connaissons un peu la langue des Aréanthropes, alors que vous l'ignorez totalement; notre présence est donc indispensable.

— Et s'il y a des dangers, ajouta Mme de la Blanchère, nous voulons les partager.

JÉROME NAVARRE VITUPÉRAIT AVEC LA PLUS GRANDE VIOLENCE

— Chère Viviane! » murmura Georges.

A ce moment, le commandant du cuirassé *Lazare-Carnot* fit dire à ses passagers qu'il avait une importante communication à leur faire. Ils se rendirent aussitôt auprès de lui.

« A mon grand regret, leur déclara-t-il, nous devons nous séparer. J'ai reçu du ministère de la Marine l'ordre de vous débarquer au plus tôt, en raison du danger que peut courir le cuirassé. Ma tâche n'est pas finie; je dois croiser dans la Manche, en surveillant les Aréanthropes, essayer de nouveau, s'il est possible, d'engager le combat avec eux, et, au besoin, aller mouiller à Cherbourg ou bloquer le Havre.

— Nous ne craignons pas les périls, commandant, déclara Miss Grâce.

— Je le sais; mais je dois obéir aux instructions qui me sont données. Le plus simple est, je pense, de vous débarquer à Plymouth; de là, il vous sera facile de regagner la France.

— C'est bien, nous nous inclinons devant la nécessité. Nous vous remercions de votre accueil cordial et nous formons le vœu que de tragiques événements ne mettent pas bientôt la terre en deuil. »

Le *Lazare-Carnot* n'eut pas même à se rapprocher du port anglais; les cuirassés britanniques *Empire* et *Leviathan,* conformément aux ordres qu'ils avaient reçus, rentrèrent à Plymouth et le vaisseau-amiral prit à son bord les voyageurs. Quant au *Liberty,* il se mit en devoir de revenir aux Etats-Unis.

Donc, M. Balthazard, Miss Grâce, Mrs Papacock, M. et Mme de la Blanchère se trouvèrent obligés de débarquer à Plymouth. Ils s'enquirent aussitôt des moyens de gagner au plus vite la France, mais des difficultés imprévues firent obstacle à leur projet. Le service de paquebots de Southampton au Havre était suspendu, par ordre de l'Amirauté.

Restaient les lignes de Newhaven, Folkestone et Douvres. La petite caravane, laissant Plymouth à demi plongée dans l'obscurité, conséquence des courts-circuits survenus aux usines électriques, prit donc le train pour Newhaven; mais ce fut pour y apprendre que, par mesure de prudence, le départ du bateau pour Dieppe était différé jusqu'à une date indéterminée.

Sur les assurances qui lui furent données que la ligne Folkestone-Boulogne fonctionnait, Georges télégraphia au *Mascarille,* qu'on lui envoyât à Boulogne, et au besoin à Calais, une automobile conduite par un chauffeur d'élite.

Pendant ce temps, d'étranges événements se passaient au Havre. La ville était à ce moment travaillée par des agitateurs révolutionnaires, qui avaient provoqué, sans raisons économiques valables, la grève des ouvriers du port, et l'entretenaient soigneusement, au moyen de conférences et de manifestations.

Ce soir-là, au Théâtre-Cirque du Boulevard de Strasbourg, le célèbre orateur communiste, Jérôme Navarre, député de Saint-Denis, était venu faire un grand discours, dont on attendait beaucoup d'effet. Une affluence énorme se pressait dans la salle, et ce public spécial, excité par les journaux du parti, les affiches et les tracts, se montrait particulièrement nerveux.

Déjà, dans la journée, de sérieuses bagarres s'étaient produites entre les grévistes et des « jaunes », qui, peu désireux de faire le jeu de politiciens sans scrupules et de perturbateurs intéressés à susciter des troubles, s'obstinaient à vouloir travailler.

L'un d'eux avait été précipité par des forcenés dans le bassin du Commerce, mais on avait pu heureusement l'en retirer à temps.

Les murs étaient couverts d'affiches rouges, sur lesquelles s'étalaient les plus grossières injures et les pires menaces à l'adresse des « exploiteurs » : « Mort aux affameurs! — Démolissons les Bastilles bourgeoises! — Le feu aux usines! — Faisons sauter les navires! » etc...

Donc, sur une estrade, que surmontait un immense calicot portant l'inscription suivante :

TROISIÈME INTERNATIONALE

« *Prolétaires de tous pays, unissez-vous!* »

et l'emblème communiste, la faucille et le marteau, Jérôme Navarre vitupérait, avec la plus grande violence et non sans une certaine éloquence sauvage, les classes possédantes, les rentiers, les « bourgeois », les « fainéants repus », les financiers, les capitalistes, les commerçants et les industriels « engraissés de la sueur et du sang du peuple. »

Il avait pris comme thème : de la nécessité de la lutte de classes : « aucune collaboration avec les criminels qui veulent nous garder en esclavage; la guerre, la guerre sainte, non contre les prolétaires étrangers, qui sont nos frères, mais contre les sangsues capitalistes de notre pays. »

Un tonnerre d'applaudissements, entrecoupés de cris divers et féroces, de trépignements et autres marques d'approbation enthousiaste, accueillit ces paroles, bien qu'on n'ignorât pas le train de vie princier de Jérôme Navarre, homme riche de par un « beau mariage », homme d'affaires aussi, parfois véreuses, murmurait-on.

Tout bouffi de vanité satisfaite, il allait continuer sa diatribe, enchérir encore sur sa violence ordinaire, quand un incident imprévu lui coupa ses « effets ». La lumière électrique baissa considérablement; bientôt, les filaments des ampoules étant revenus au rouge sombre, la salle se trouva dans une demi-obscurité.

On crut que c'étaient les électriciens, jusqu'alors demeurés à leur poste, qui déclenchaient à leur tour la grève par sympathie. Quelques bravos retentirent et on apporta des lampes à pétrole. Mais quelqu'un eut l'idée de téléphoner au syndicat, puis à l'usine de la compagnie d'électricité. Il ne put avoir la communication. Le téléphone semblait interrompu.

« C'est un tour des « jaunes ». Ils nous privent d'électricité! ils ont coupé le téléphone! » s'écria un énergumène, nommé François Lebœuf, ouvrier à la manufacture des Tabacs.

Ce mot eut un immense retentissement. Il répondait au besoin de haine qui possédait tous ces hommes surexcités (et ces femmes, car il y avait des femmes, plus enragées encore que leurs compagnons).

« A mort, les jaunes! criait-on.

— Et à mort les patrons! ce sont eux qui soutiennent les jaunes. Ils se moquent tous de nous!

— Le feu à la Bourse! hurla un docker, qui paraissait avoir bu trop d'eau-de-vie de cidre.

— Oui, oui, le feu à la Bourse! » s'exclamèrent des centaines de forcenés, tandis que Jérôme Navarre, effrayé lui-même de la tournure que prenaient les choses, tentait vainement de calmer et de retenir ses compromettants admirateurs.

Un flot humain s'écoula tumultueusement, se répandit sur le boulevard de Strasbourg, et se dirigea en vociférant vers la place Carnot, où se dresse le palais de la Bourse. Chemin faisant, quelques-uns des manifestants réquisitionnèrent des bidons de pétrole chez des concierges épouvantés; d'autres allèrent chercher, on ne put savoir où, des bottes de paille, d'autres apportèrent des chaises, des tables, des bancs : le tout fut arrosé de pétrole et bientôt de hautes flammes, qui éclairaient sinistrement la place de leurs reflets changeants, commencèrent à lécher les murailles de la Bourse, faisant éclater les vitres, et jetant l'incendie dans le luxueux édifice, où la populace exaspérée voyait la Bastille détestée du capitalisme.

XXI

COMMENT SE TERMINA L'ÉMEUTE

Cependant les pompiers se précipitaient pour combattre le feu. Ils furent criblés de pierres, de débris de ferraille et d'objets divers, par les émeutiers, dont la folie destructive allait croissant. La police, débordée, se montrait absolument impuissante; les autorités durent faire appel à la troupe.

A l'instant précis où les soldats, venus de la caserne Kléber, toute proche, arrivaient place Carnot, un « ah ! » de stupeur fit lever les yeux à tous les gens qui se trouvaient assemblés là; ils aperçurent soudain dans les airs un phénomène singulier.

Des faisceaux lumineux d'un violet foncé montaient dans les hauteurs d'un ciel où des nuages noirs évoluaient à grande vitesse, non en droite ligne, mais en décrivant une spirale qui avait pour effet de les amasser autour de la verticale passant par le zénith. D'autre part, au-dessus de l'avant-port, semblait-il, on voyait une lueur orangée.

Les grévistes, dans leur aberration malfaisante, crurent y voir le reflet d'autres incendies, mais s'agissait-il de sinistres accidentels ou d'attentats révolutionnaires ? Cette dernière hypothèse leur eût été plus agréable. Ils dépêchèrent des émissaires pour s'en enquérir, mais les envoyés ne revinrent pas.

Soudain on vit des faisceaux de lumière également orangée, mais plus intense encore, illuminer la ville; ils semblaient sortir des nuages; les plus ignorants des spectateurs comprirent que ces projections venaient d'avions volant très bas; on percevait d'ailleurs un ronflement strident, tout différent de celui des aéroplanes ordinaires.

Après avoir balayé autant qu'il se pouvait les principales rues et avenues, ils concentrèrent leurs rayons sur la place Carnot, et un grand silence effrayant remplaça l'assourdissant vacarme qui déchirait l'air l'instant d'auparavant. Il était accompagné d'une immobilité formidable; tous ces sauvages déchaînés paraissaient changés en statues de glace; bientôt, ces statues s'animèrent de nouveau, mais de mouvements lents, ou plutôt mesurés; presque mécaniques. Elles se mirent en rangs réguliers, puis en détachements, dont des chefs improvisés prirent le commandement; alors ces troupes, marchant avec un ordre parfait, se dirigerent vers le Bassin de l'Eure. Les communistes ne furent d'ailleurs pas les seuls à subir cette effarante aventure; les soldats, les agents de police, les pompiers, les assistants de toute condition, en un mot, tous ceux qui furent touchés par les rayons orangés, et comme happés par eux, se trouvèrent frappés de la même passivité absolue, métamorphosés en esclaves, rassemblés en troupeaux disciplinés, que conduisaient vers l'inconnu des gardiens choisis parmi eux, en exécution d'une volonté supérieure et de lois psychologiques mystérieuses. Or ces chefs n'étaient généralement pas ceux à qui l'on aurait pensé pour occuper ce poste; de simples ouvriers, des soldats, des gens du peuple, en qui, sans doute, s'était révélée une grande énergie latente, commandaient, alors que le sous-préfet, des officiers, le député Jérôme Navarre lui-même, capturés comme les autres par les radiations magnétiques, étaient confondus dans la masse des foules asservies qu'une puissance irrésistible aspirait, pour ainsi dire, évidemment afin de les astreindre à on ne savait quels travaux forcés.

Les chefs de détachement s'étaient armés de bâtons ou de tiges de fer, et lorsqu'un de leurs « hommes », moins sensible que les autres à l'action des rayons orangés, faisait mine de se révolter, ils le rouaient de coups comme un cheval rétif.

Ce fut ce qui arriva notamment au député communiste : ayant fait mine de protester, il fut presque assommé par le camarade Galombert, secrétaire de la Bourse Havraise du Travail, devenu garde-chiourme inconscient, au service d'exploiteurs dont il n'avait pas prévu l'avènement au pouvoir.

Ainsi, de divers points de la ville, s'acheminaient vers le Bassin de l'Eure et vers l'avant-port de lamentables cortèges humains, magnétisés par le fluide énigmatique et pareils à des troupeaux de bestiaux que l'on conduit à l'abattoir.

Trois jours après, Miss Grâce Milburne et ses compagnons arrivaient aux portes du Havre, dans la rapide et confortable voiture automobile que le *Mascarille* avait mise à la disposition de son collaborateur. Elle était conduite par Albert Landry, un chauffeur d'une habileté remarquable, ancien champion, qui avait dû, après un grave accident, renoncer aux courses.

Le voyage — à toute allure — eût été fort agréable en d'autres circonstances. Le temps se maintenait au beau, sous un ciel parfois nuageux; quelques averses rafraîchissaient l'air, sans durer assez longtemps pour être pénibles. La végétation était magnifiquement luxuriante, les fleurs s'épanouissaient avec bonheur, les pommiers promettaient une abondante récolte.

Malgré les préoccupations si graves de l'heure présente, ceux qui allaient retrouver les déconcertants habitants d'un monde où il n'y avait peut-être pas de fleurs, ne pouvaient s'empêcher de s'extasier sur la splendeur de ce radieux été.

Miss Grâce et Mme de la Blanchère occupaient le fond de la voiture; en face étaient assis M. Balthazard et Mrs Papacock. Georges avait pris place à côté du chauffeur.

La jeune Américaine et son fiancé, ainsi placés en tête à tête, et le cœur gonflé de rêves, se sentaient gagner par une émotion profonde, mais très douce. La rapide allure de l'automobile provoquait souvent des cahots qui jetaient les voyageurs les uns contre les autres, M. Balthazard, loin de s'en plaindre, souriait avec ravissement, sans accorder la moindre attention aux mines courroucées de Mrs Papacock qui lui lançait des coups d'œil féroces.

« Chère cousine, disait-il, ne trouvez-vous pas ce pays délicieux?

— Si fait, c'est bien cette Normandie verdoyante et grasse, dont on vante tant la beauté fertile.

— Qui sait, si ce n'est pas cette fertilité même qui attire les Aréanthropes?

— En tout cas, je fais des vœux pour que leur venue ne plonge pas la terre dans la désolation.

— Par la faute des terriens; décidément, l'humanité reste toujours aussi bornée, aussi méchante surtout.

— J'admire vivement, continua-t-elle, ces êtres bizarres, dont la science surpasse à tel point la nôtre.

— Moi aussi; mais ils me semblent inférieurs aux pauvres hommes à quelques points de vue : à celui du sentiment, par exemple.

— Peut-être, mais le sentiment est un maître d'erreur et de fausseté.

— Il est aussi le divin guide qui nous conduit vers le vrai, vers le beau et vers le bien. »

Viviane regardait avec attendrissement ses jeunes amis, tout en rêvant à ce monde lointain, dont les envoyés étaient en train de bouleverser la terre.

L'automobile suivait la route, qui longe d'assez près la côte, et la rejoint à Dieppe, Saint-Valéry-en-Caux et Fécamp.

A mesure qu'ils approchaient de l'endroit où il se passait des choses incompréhensibles et terribles, ils constataient un affolement croissant des populations. Dieppe demeurait encore assez calme, mais Fécamp se vidait rapidement; à partir de là, l'auto croisa de plus en plus souvent des voitures bondées de gens épouvantés, qui fuyaient vers l'intérieur des terres, avec ce qu'ils avaient de plus précieux. Les uns allaient vers Paris, où le gouvernement, croyaient-ils, saurait les protéger; d'autres, plus nombreux, craignaient que les Diables ne remontassent la Seine (non plus avec leurs transatlantiques, évidemment, mais sur d'autres navires); en conséquence, ils cherchaient un refuge dans les contrées montagneuses : dans les Vosges, en Auvergne, ou même dans les Alpes ou les Pyrénées, mais loin des lacs et des torrents, ces derniers fussent-ils à sec.

Au reste, aucun de ces réfugiés n'avait rien vu; mais ils avaient entendu dire que le Havre était à feu et à sang, que plus de la moitié de la ville était détruite, que les habitants avaient tous été, soit massacrés, soit entassés dans des cachots, où ils subissaient d'atroces tortures; que les troupes envoyées contre les Martiens avaient été décimées, ou plutôt anéanties, et d'autres bruits alarmistes, comme il s'en propage si facilement et si vite à toutes les périodes troublées.

Quant aux témoins oculaires, ils avaient été retenus par les Aréanthropes, grâce aux rayons fascinateurs; ceux qui avaient seulement entrevu le reflet de la magique lumière et les cortèges misérables des condamnés aux travaux forcés ne s'attardaient pas à exposer leurs impressions; ils fuyaient éperdûment.

A Montivilliers, une automobile en panne gisait sur la route; le chauffeur, couché sous le châssis, s'évertuait à chercher la cause de cet accident, pour y remédier, mais ses efforts demeuraient vains. Dans la voiture, une vieille dame à bandeaux surannés et vêtue un peu ridiculement, quoique richement, pleurait, en serrant sur son cœur un enfant malingre; elle interrompait parfois ses lamentations pour interpeller son mari, gros homme à favoris décoratifs, qui ressemblait à un maître d'hôtel parvenu et donnait l'idée d'une nullité majestueuse.

« Que veux-tu, ma bonne, répétait-il, nul ne pouvait prévoir ces événements terrifiants!

— Ce n'est pas mon avis : si l'on m'avait écoutée, nous aurions quitté cette ville de malheur il y a quinze jours, et nous serions tous en sûreté dans un endroit paisible. »

En voyant venir les voyageurs, qui se dirigeaient vers la ville fatale, elle montra une stupéfaction effrayée.

« Comment, leur cria-t-elle, vous allez du côté du Havre? Vous ne savez donc pas ce qui s'y passe? C'est à la mort et aux pires supplices que vous courez! D'ailleurs, vous ne pourrez pas passer, c'est interdit.

— Vous exagérez, Madame, répondit Miss Grâce, oui, nous allons au Havre, précisément pour parler à ces gens qui viennent de la planète Mars. »

et pour comble d'infortune, voici que nous sommes arrêtés ici, au moment où il faudrait rouler à cent kilomètres à l'heure.

— Rassurez-vous, Madame; mon chauffeur, qui est un mécanicien hors de pair, va aider le vôtre, n'est-ce pas, Landry?

— Très volontiers, Monsieur Georges.

— Nous vous remercions de tout cœur, Monsieur, dit d'un ton solennel le gros

LE DÉPUTÉ COMMUNISTE FUT PRESQUE ASSOMMÉ PAR LE CAMARADE GALOMBERT

homme aux nobles favoris : nous sommes très touchés de votre... »

Un grand cri l'interrompit : c'était sa femme qui l'avait poussé; elle étouffait à demi l'enfant sous une grosse couverture de laine et elle montrait le ciel, où l'on distinguait une lueur rougeâtre :

« Les rayons orangés! « Ils » nous poursuivent.

— Non, madame, vous êtes à l'abri de leurs atteintes. D'ailleurs vous allez pouvoir repartir. »

La vieille dame ouvrit des yeux ronds, dans lesquels on lisait clairement la conviction qu'elle avait devant elle des fous. Elle objecta timidement, de peur de les contrarier, ce qui est toujours considéré comme dangereux :

« Vous ne les connaissez pas! Ils vous tueront, ou bien vous enlèveront, comme ils nous ont enlevé le père de ce malheureux enfant ».

Elle embrassa le petit garçon, en sanglotant, puis continua :

« Ce pauvre mignon (mon petit-fils) est infirme. Il ne peut pas marcher; les médecins disent que ce n'est pas incurable, mais jusqu'à présent ils n'ont pas su le guérir. Il se promenait dans un fauteuil roulant, poussé par un domestique; son père l'accompagnait. Ils ont été enveloppés par la lumière orangée; les deux hommes, attirés par cette force irrésistible, ont été entraînés on ne sait où; le petit s'est évanoui. Oh! c'est affreux,

En effet Landry avait réussi à remettre le moteur en marche. L'auto démarra aussitôt.

« Vous nous sauvez la vie, s'écria la vieille dame. Faites comme nous : hâtez-vous de fuir! »

Mais, tout au contraire, les six voyageurs intrépides repartirent en quatrième vitesse vers ce qu'on appelait déjà « la ville maudite » ou « le royaume des Diables ».

XXII

QUERELLE IMPRÉVUE ET TOUCHANTE RÉCONCILIATION

Aux abords d'Harfleur, ce fut une autre histoire. Le préfet de la Seine-Inférieure, M. Isambert et le général Savard, commandant le 3e corps d'armée, y avaient établi leur quartier-général et un barrage interdisait la route du Havre. Il ne fallut rien de moins que les coupe-files de journalistes dont étaient munis M. Balthazard et Georges de la Blanchère pour faire fléchir la consigne et encore, non sans qu'ils eussent quelque temps parlementé.

Au reste, les autorités se trouvaient dans le plus grand embarras. Les forces policières ou militaires qu'on avait envoyées au Havre n'en étaient pas revenues; on n'avait jamais revu non plus les avions qui avaient reçu mission de survoler la ville. Leurs compagnons, plus éloignés, les avaient vu atterrir, malgré eux sans doute, comme des oiseaux fascinés par un serpent. Les vêtements, capuchons et masques de caoutchouc, dont l'usage avait été prescrit, se révélaient désormais inefficaces; apparemment les Aréanthropes avaient modifié leurs rayons attractifs et magnétiques.

Du côté de la mer, le cuirassé *Lazare-Carnot*, avec des torpilleurs et des sous-marins, bloquaient le port, mais sans résultat; ils n'osaient d'ailleurs approcher, de crainte de sauter, comme l'*Invincible*.

On attendait l'arrivée de chars d'assaut, mais sans compter beaucoup sur eux, puisque les Martiens savaient dissocier les métaux et faire voler en éclats l'acier le mieux trempé.

A tout hasard, on faisait creuser des tranchées tout autour de la ville, dans l'espoir que les soldats pourraient y être abrités des rayons nocifs. En même temps, une commission de savants étudiait les moyens d'annihiler l'action des diverses radiations aréanthropiques, mission difficile, car, pour les étudier, il eût fallu s'y exposer, et s'y exposer, c'était y succomber. Des volontaires, héros obscurs, s'offrirent pour expérimenter divers costumes et masques protecteurs. Aucun d'eux ne revint. La panique devint indescriptible, et l'état de siège fut proclamé dans toute la région.

Dans ces conditions, il est facile de le concevoir, les automobilistes qui se dirigeaient vers le Havre passèrent pour fous à lier.

Le général Savard leur dit adieu et le préfet leur recommanda de faire leur testament. Ils poursuivirent néanmoins leur route sans émoi, malgré le soir qui tombait.

Graville-Sainte-Honorine leur parut dépeuplé; quelques personnes cependant, des femmes, des enfants et des vieillards étaient en prières au pied de la Vierge Noire.

Ils arrivèrent aux faubourgs du Havre. Les rues étaient désertes et les maisons abandonnées, à part quelques masures; en regardant attentivement, ils distinguèrent de rares visages épouvantés et pâles, derrière les vitres et au fond des corridors ou des cours.

Georges essaya d'interroger quelques-uns de ces êtres lamentables, mais n'en put tirer aucune parole sensée. On lui montra un homme qui avait été attiré par les « Diables », puis relâché, sans doute parce qu'il était trop faible pour travailler. Il ne se souvenait de rien et ne put donner aucun détail; il semblait avoir perdu la raison.

L'auto continua d'avancer; soudain M. Balthazard se frappa le front :

« Mais j'y pense (j'aurais même dû y penser plus tôt), il faut nous faire reconnaître des Aréanthropes, sans quoi, nous aussi, nous serons maîtrisés par les rayons orangés, embrigadés parmi les troupeaux de travailleurs, et condamnés à peiner comme des bêtes de somme, sans pouvoir même nous rapprocher de ceux que nous cherchons.

— Nous aviserons.

— Par bonheur, les rayons fascinateurs ne brillent pas en ce moment.

— Non, mais ne sentez-vous pas une sorte de vibration sourde?

— En effet, et une sorte de fourmillement dans les jambes; il n'a d'ailleurs rien de désagréable.

— Jamais je ne me suis senti mieux dispos, ni plus fort.

— Moi de même, tout va bien. »

Comme pour répondre par un démenti à ces mots optimistes, une détonation retentit; c'était simplement un des pneus d'arrière qui venait d'éclater; mais cet incident allait causer un retard assez fâcheux.

Tout le monde se précipita : le chauffeur disposa le cric pour soulever la voiture, Georges détacha la roue de rechange que l'on tenait en réserve. En même temps, par précaution, M. Balthazard alla chercher de l'eau à une fontaine, pour renouveler le contenu du radiateur réfrigérant. Miss Grâce, avisant une épicerie s'y rendit, pour acheter un bidon d'essence. La boutique était vide, la porte ouverte, les volets à demi fermés; on sentait encore le frisson de la panique la plus folle. Le magasin avait été pillé en partie; dans un coin, un chat se régalait du contenu d'un pot de confitures chu à terre.

La jeune fille trouva, non sans peine, ce qu'elle cherchait et l'emporta, en laissant sur le comptoir de la caisse le prix de cet achat, fait dans de si singulières conditions.

Cependant Mme de la Blanchère, qui était descendue pour prendre un peu d'exercice, s'écriait :

« Que cette voiture est donc sale ! »

Et elle se mit à la nettoyer vigoureusement, aidée de Mrs Papacock.

« Ne prenez pas cette peine, ma chère Viviane ! dit Georges.

— C'est un plaisir pour moi, dit-elle, je sens que par des injures. Débrouillez-vous, moi je m'en retourne à Paris avec mon auto !

— Il a raison ! déclara Mrs Papacock ; moi aussi, j'en ai assez des Martiens, de leurs rayons et de leurs prodiges ; je suis lasse de me plier aveuglément aux ridicules fantaisies d'une jeune écervelée.

— Taisez-vous ! dit sévèrement Mme de la Blanchère ; il est indigne de parler ainsi de votre élève, qui est un peu votre fille, et

GEORGES ESSAYA D'INTERROGER QUELQUES-UNS DE CES ÊTRES LAMENTABLES

sens le besoin de travailler, de dépenser mon activité, de n'importe quelle façon.

— Et toujours, n'est-ce pas, cette étrange sensation de fourmillements dans les jambes et les bras, qui semble stimuler les énergies ? »

A cet instant, l'écho d'une assez vive altercation parvint à leurs oreilles ; c'était M. Balthazard, qui échangeait avec le chauffeur des propos dénués d'aménité.

« C'est grotesque d'être ainsi arrêtés sottement par une crevaison de pneu.

— Pas étonnant, après cette course folle ! Ce qui est ridicule, c'est de venir ici à la rencontre des Diables, qui ne feront de nous qu'une bouchée.

— Bah ! vous seriez un morceau trop coriace.

— Coriace ou non, j'en ai assez de m'exténuer pour des gens qui ne m'en récompen- possède autant de cœur que d'intelligence. Je ne vous croyais pas si méchante.

— Merci, chère Viviane, répondit Miss Grâce ; mais ne faites pas attention à ce que dit Mrs Papacock ; elle a toujours été insupportable. Et puis, il est vrai que nous traversons d'effarantes aventures à cause de mon cousin Balthazard.

— Eh ! quoi, ma cousine, répliqua celui-ci, c'est à moi que vous vous en prenez !

— Certes ; sans vous, je ne serais pas venue en France ; veuillez remarquer d'ailleurs qu'aux termes des dernières volontés de mon pauvre père, je m'y suis rendue, non pour étudier les mœurs des Martiens, mais pour être menée par vous dans le monde.

— C'est vrai, reconnut M. Balthazard, nous devrions en ce moment courir les bals, les soirées, les thés élégants, les théâtres, les courses, les fêtes, les dancings... »

Et tandis qu'il énumérait tous ces plaisirs mondains dont il avait horreur, une sueur froide montait à son front pâle.

« Affronter les plus terribles périls me semblerait doux, en comparaison de cette corvée.

— Merci, vous êtes bien impertinent!

— Et vous, bien détestable! »

La conversation dégénérait de plus en plus en querelle; les paroles désagréables tombaient dru comme grêle. Le ton se haussait ; bref, on ne peut savoir ce qui serait advenu, si tout à coup une lueur bleuâtre, très douce, n'avait rempli l'espace, comme une singulière et apaisante aurore.

« Que c'est beau! s'écria Viviane. Je sens un calme délicieux s'insinuer dans mon âme, et je suis confuse de m'être montrée si surexcitée tout à l'heure. Mrs Papacock, je regrette de vous avoir dit des choses désobligeantes.

— Oh! madame, c'est moi qui prie ma chère Grâce d'oublier les paroles *shocking* qui m'ont échappé, je ne sais comment.

— Moi aussi, déclara Miss Milburne, en embrassant sa gouvernante, je m'excuse de vous avoir traitée si injustement, et je prie aussi mon cousin Balthazard de me pardonner mes reproches immérités.

— Chère cousine, je retire avec la plus grande confusion les mots blessants que je rougis de vous avoir adressés. Et vous, Landry, j'espère que vous ne me garderez pas rancune? il n'y a pas de votre faute dans cet accident banal.

— Monsieur, tous les torts sont de mon côté; j'étais nerveux. Je ne vous quitte pas; entre nous, c'est à la vie, à la mort.

— Bravo! conclut Georges, savez-vous ce que cela signifie? c'est que nous avons subi l'influence d'effluves énigmatiques projetés par les Aréanthropes. La vibration qui se traduisait par ce fourmillement que nous avons tous ressenti a surexcité nos nerfs comme nos énergies, puis la lumière bleuâtre a calmé cette excitation. Et maintenant, occuponsnous de nous faire reconnaître des « Diables ».

Comment leur adresser des signaux suffisamment clairs?

— Le mieux, dit M. Balthazard, ne serait-il pas, quand la nuit sera tout à fait venue, d'émettre, nous aussi, des projections lumineuses, si nous en avons les moyens?

— Oui, reprit Georges. Cette voiture de grand reportage est pourvue d'un projecteur électrique puissant.

— Parfait! je vois là-bas un grand mur blanc, qui nous offre un assez vaste écran. Lançons un signe qui révèle notre présence et nos intentions pacifiques. Veuillez me l'indiquer, ma chère Grâce, vous qui connaissez la langue de ces êtres déconcertants et redoutables.

— Eh! bien, vous pouvez choisir le signe suivant, qui exprime, pour eux, la fraternité : des parallèles qui traversent une ellipse, c'est-à-dire : côte à côte, à travers le monde :

— Entendu. Landry, occupez-vous de la dynamo. Je prépare le projecteur. »

En effet, en quelques minutes, M. Balthazard eut découpé dans un morceau de carton le signe aréanthropique et disposé l'appareil de manière à en projeter l'image sur le mur, qui était visible de très loin. En même temps, il lançait de bruyants appels de trompe.

Bientôt, dans les ténèbres naissantes, le faisceau lumineux alla dessiner sur la paroi blanche, puis sur les maisons voisines, le symbole de la fraternité interplanétaire.

La réponse ne se fit pas longtemps attendre. Une splendide projection orangée vint illuminer le mur, enveloppant les voyageurs de ses rayons magnétiques.

Aussitôt, ils furent attirés vers la source de cette lumière, ils sentirent qu'une pensée étrangère communiquait avec leur pensée et qu'une volonté irrésistible leur ordonnait :

« Venez aux phares de la Hève ».

XXIII

LA LUMIÈRE ANGOISSANTE

L'AUTOMOBILE reprit donc sa course et se dirigea vers la colline de Sainte-Adresse, par la rue d'Etretat. La nuit était fantastique, toute bariolée de lueurs inquiétantes, où l'on sentait passer des forces inconnues et terribles. Il semblait que des énergies mystérieuses sortissent à la fois de la terre, de la mer et du ciel, au commandement des savants magiciens venus d'un autre monde. Des phosphorescences (ou plutôt des luminosités dues à des effluves électriques plus étranges que ceux dont traitent les livres de nos physiciens) rampaient dans les rues, descendaient des toits et des fils conducteurs, tombaient, semblait-il, de tous les angles, de toutes les saillies des édifices. Et des grondements sourds, profonds, affolants, faisaient vibrer le sol et l'espace, pareils au bourdonnement de gigantesques insectes, prêts à fondre sur la terre pour y tout dévorer.

Outre ces lueurs et les fluides invisibles qui parcouraient l'espace et pénétraient toutes

LE PETIT GROUPE, SOUS LA CONDUITE DE MOMM TRUMP, ENTRA DANS LE BARAQUEMENT

choses, des projecteurs de diverses puissances étaient placés aux principaux carrefours et balayaient les places, les rues et les avenues, de leurs rayons, inoffensifs toutefois, du moins en apparence, et pour l'instant; car ils répandaient cette clarté bleuâtre qui avait un effet sédatif, apaisant et, pour dire le mot, asservissant.

Aussi, tandis que l'auto gravissait, non plus fiévreusement, mais tranquillement la côte de Sainte-Adresse, les voyageurs ne discernaient plus en leurs cœurs qu'un sentiment d'admiration et presque de sympathie involontaire pour les « Maîtres des radiations », comme les avait surnommés M. Balthazard.

Pourtant, des indices troublants commençaient à révéler qu'il devait se passer là-haut, sur le plateau d'Ignauval, d'étranges choses. Non seulement on voyait se croiser dans le ciel des reflets lumineux particulièrement intenses, mais on percevait l'écho de rumeurs sinistres et croissantes, de cris aigus ou prolongés, entrecoupés de gémissements et de funèbres mélopées et accompagnés de vibrations de plus en plus trépidantes.

Quand la voiture arriva sur le plateau, en vue des phares, ses occupants eurent devant les yeux un spectacle qui les glaça d'épouvante.

Au fond, deux gigantesques rayons, d'un violet foncé, montaient des tours de la Hève perpendiculairement et se perdaient dans les hauteurs du ciel.

Autour des phares s'élevaient de vastes constructions, ou plutôt de grands baraquements, d'où s'échappaient les ronflements singuliers et puissants de machines inconnues.

Mais un autre objet plus terrible attirait irrésistiblement l'attention : dans une sorte de parc circulaire étaient entassés des hommes, ou plutôt des loques humaines, qui tournaient en rond dans cette prison, en hurlant et en gémissant. Un rayon rouge vif, qui partait du phare de droite, brûlait les malheureux, qui ne pouvaient éviter de passer sous ses atteintes. Parfois, ils essayaient de s'arrêter dans leur course douloureuse; mais alors un autre rayon orangé les frappait, ils se remettaient en mouvement comme des automates, et s'approchaient irrésistiblement de la lumière rouge, qui les torturait comme une flamme, leur arrachant des cris affreux.

La plupart avaient cependant leur complète lucidité; même en subissant l'emprise tyrannique des radiations orangées, ils conservaient la conscience de leur malheur et chantaient avec lenteur une sorte de lamento lugubre.

« Mais je connais cet air! s'écria M. Balthazard.

— Parbleu, répondit Georges, c'est l'*Internationale,* un peu ralentie. »

Ils écoutèrent plus attentivement et constatèrent qu'un poète inconnu avait substitué aux vers de Jean-Baptiste Clément de nouvelles paroles, appropriées aux circonstances. Le refrain, par exemple, avait été ainsi modifié :

C'est la lutte finale,
Tu vas pleurer demain,
O planète natale,
Le pauvre genre humain!

« C'est épouvantable! », murmura Miss Grâce, en détournant les yeux de ce tableau d'horreur qui évoquait l'*Enfer* de Dante.

Au moment où M. Balthazard allait émettre quelque hypothèse plausible, on entendit un cri éperdu. Il avait été poussé par Mrs Papacock; elle montrait avec effroi un être monstrueux, qui s'approchait de l'automobile. Sa taille dépassait deux mètres et demi, et l'on remarquait surtout ses grands pieds, sa vaste poitrine, sa tête énorme et ses trois yeux, dont deux étaient fermés : le troisième brillait d'un éclat bleuâtre, phosphorescent comme ceux d'un chat.

Il porta la main droite à son front (qui était immense et surmonté d'un crâne chauve) puis la tendit vers la tête de ceux qu'il voulait saluer; sur les indications de Miss Milburne, ils lui rendirent son salut de la même manière. Puis il prononça deux mots brefs.

« Il nous dit : « Venez, suivez-moi », expliqua la jeune fille.

— A pied? et l'automobile? objecta Georges. Pouvons-nous la laisser ici?

— Je le pense. Je vais d'ailleurs le demander. »

Elle échangea quelques paroles gutturales avec le Martien; aussitôt, tirant d'une sorte de poche une bouteille, il s'en servit pour entourer l'automobile d'une traînée liquide circulaire, qui émettait une lueur rougeâtre.

« Maintenant, dit Grâce, la voiture est en sûreté. Nul ne pourra franchir cette circonférence lumineuse. Suivons notre guide. Il est très obligeant et serviable. Il s'appelle « Momm Trump », c'est-à-dire triangle équilatéral, à cause de l'égalité de son caractère et de la pondération de son esprit. Je l'avais vu d'ailleurs à bord du *Zoulouland;* il occupe parmi ses semblables un rang subalterne, mais on apprécie beaucoup ses services; il est un employé modèle.

— Et, demanda tout à coup en marchant M. Balthazard, quel est le chef de l'expédition aréanthropique?

— C'est le vieillard dont vous avez entendu parler; son nom est « Raph-Glymm », c'est-à-dire : étoile de sagesse.

— Serait-il donc leur roi ou le président de leur république?

— Ni l'un, ni l'autre. Leur gouvernement est oligarchique; ils sont dirigés, non par une caste, mais par une élite soigneusement choisie.

— Par voie d'élections, sans doute; mais par quel mode de scrutin?

— De tout autre manière. Leurs savants

— ils sont tous savants d'ailleurs — ont inventé depuis longtemps des appareils enregistreurs très sensibles, pour l'examen des facultés intellectuelles et de la valeur morale de leurs semblables. Chacun d'eux est ainsi pourvu d'une fiche qu'on peut appeler *Aréanthropométrique*, faisant ressortir mathématiquement ses aptitudes naturelles ou acquises. Il est facile, dès lors, de désigner les administrateurs les plus capables, les ministres les plus habiles et les plus intègres, les législateurs les plus sages et le plus digne chef de l'Etat. Tout se ramène à des problèmes à résoudre.

— Mais l'intrigue ne fait-elle pas quelquefois échec au mérite?

— Non, car, en matière de calcul, il n'y a pas de tromperie possible : le problème est résolu ou il ne l'est pas; les plus belles paroles ne peuvent rien contre les chiffres.

— Mais les passions humaines?

— Pardon, il ne s'agit pas d'hommes, mais de Martiens. Ils n'ont point de passions, sauf celle de la science. Et ils sont assez raisonnables pour se résigner à occuper les places que leur assignent leurs aptitudes. »

Mais l'obligeant Momm Trump s'était arrêté devant des baraquements disposés géométriquement.

« Nous voici arrivés, dit Mme de la Blanchère.

— C'est le grand quartier-général de Messieurs les Martiens, ajouta Georges.

— Demandez-lui donc, ma cousine, pria M. Balthazard, l'explication de la triste scène dont nous venons d'être les spectateurs. »

Miss Grâce, après avoir transmis la question, traduisit la réponse.

« Ce sont des travailleurs, précisément les plus intelligents et les plus énergiques, qui se sont mutinés et ont tenté de fomenter parmi leurs compagnons la grève générale et la révolte. Ces hommes, que leurs facultés intellectuelles et morales rendaient moins sensibles que les autres aux rayons orangés, subissent le châtiment dont nous avons été témoins et qui consiste en la torture par la *lumière angoissante*.

— Qu'est-ce que cela?

— Cette lumière, sous les rayons de laquelle ces infortunés sont forcés de passer, et qui semble les brûler, a pour effet de provoquer en eux une angoisse mortelle, pareille à celle que ressentent les malades atteints de neurasthénie aiguë et qui les conduit au suicide. C'est ce que les médecins appellent la « mélancolie anxieuse », désespoir tragique avec sensation d'indignité, qui est l'effet de la *névrose d'angoisse*. Mais elle est bien plus intense encore et redouble à chaque passage sous la clarté rouge. Ils se tueraient, s'ils le pouvaient; mais ils n'ont pas même cette ressource; d'ailleurs les radiations orangées leur ordonnent de vivre, de souffrir. Après ce supplice terrible, ils seront matés.

— Vous intercéderez pour eux, n'est-ce pas?

— C'était bien mon intention. »

Le petit groupe, sous la conduite de Momm Trump, entra dans le baraquement central et se trouva dans une grande salle, où les visiteurs furent laissés seuls. Il y régnait une fraîcheur agréable, mais presque excessive; une douce lumière s'y diffusait, sans qu'on pût reconnaître d'où elle émanait. Un vaste écran se trouvait fixé à l'une des parois; les autres étaient ornées de crédences et de tablettes couvertes d'instruments mystérieux, qui multipliaient partout les tiges de cuivre ou de platine, les bobines (ou solénoïdes), les tubes de verre, les disques, les électro-aimants, les ampoules et mille autres appareils déconcertants, dont beaucoup étaient sans analogie avec ceux dont se servent nos ingénieurs. Plusieurs de ces mécanismes faisaient entendre des tic-tac bizarres, des vibrations inquiétantes, des ronflements peu rassurants, et d'autres bruits indéfinissables, qui décelaient l'action de singuliers et puissants courants électriques, ou de fluides insoupçonnés. De larges orifices, clos par des toiles métalliques, s'ouvraient dans la cloison du fond. Leur raison d'être fut bientôt expliquée, car il en sortit une voix, qui était celle de Momm Trump. La jeune Américaine traduisit son bref discours :

« L'illustre « Raph Clymm », notre vénéré chef, s'excuse de ne pouvoir vous recevoir, pour l'instant. Mais il est souffrant, par suite de la grande chaleur. Néanmoins, vous pourrez converser brièvement avec lui par le téléphone haut-parleur et contempler ses traits augustes, grâce au *téléphote* (1) qui transmet les images à distance. Vous avez à votre disposition des tablettes, des élixirs et des gaz nutritifs, ainsi que l'électricité réparatrice. Il vous suffira de formuler vos désirs; ils seront aussitôt satisfaits.

« Pour passer la nuit, vous devrez vous contenter des nattes qui sont ici, car il n'y a pas d'autres lits; mais demain nous vous en donnerons de meilleurs. Que le grand Electricien de l'Univers vous maintienne en bonne santé! »

(1) Voir *Le Grand Cataclysme*.

XXIV

CHEZ LES « DIABLES »

Les Terriens, le premier moment d'étonnement passé, se sentirent accablés de fatigue et de faim, car ils n'avaient pas dîné.

« Je n'en puis plus! s'écria le chauffeur Landry, en s'étendant sur une des nattes.

— J'ai l'estomac dans les talons, répliqua M. Balthazard.

— Et moi aussi, dit Mme de la Blanchère.

— Moi, déclara Georges, j'ai une faim de loup et une soif de... quel est l'animal le plus altéré? »

Quant à Mrs Papacock, elle maugréait sans répit, unissant dans ses malédictions les Martiens, les Anglais, les Français, et tout particulièrement ses compagnons de voyage, qu'elle rendait responsables des événements.

« Il nous faut d'abord dîner (ou souper), reprit Georges. Ma chère Viviane, voulez-vous traduire en martien ces mots : « à table ? »

Mme de la Blanchère prononça quelques sons peu harmonieux; aussitôt une table à charnière, qui était fixée à la muraille, s'abaissa. En même temps, on vit s'éclairer quatre plaques translucides, sur lesquelles ressortaient en vert des sortes d'hiéroglyphes. Miss Grâce les interpréta :

« Parfait, dit-elle ; voici ce qu'on nous offre : les quatre inscriptions signifient :

Aliment solide.

Aliment liquide.

Aliment gazeux.

Aliment électrique. »

Sous la première se trouvait une grande bonbonnière plate, pleine de comprimés nutritifs; la seconde servait d'enseigne à une sorte de cave à liqueurs; la troisième brillait au-dessus d'un de ces gros tubes d'acier qui renferment les gaz comprimés, et la quatrième surmontait un fauteuil aux bras munis de poignées de platine. Ce siège avait, à la vérité, des dimensions inusitées, chose naturelle, puisqu'il était destiné aux Aréanthropes, dont la taille varie entre deux mètres cinquante et trois mètres.

« Ces pastilles et cet élixir, continua Grâce, s'absorbent comme notre nourriture, mais ont bien plus d'efficacité; ce gaz régénère les poumons, tout en nous alimentant; sur ce fauteuil, on est soumis à l'action d'un courant électrique spécial, qui a la propriété de désintoxiquer les cellules nerveuses, de faire disparaître la fatigue et ses effets, bref, de remplacer le sommeil. Je crois répondre à notre sentiment à tous en priant notre dévoué chauffeur de s'y asseoir ; son extrême lassitude aura bientôt fait place à une vigueur toute nouvelle.

— Je vous remercie, dit Landry sans beaucoup de conviction, mais vous êtes sûre que cette machine-là ne va pas m'électrocuter?

— Rassurez-vous, je connais tout cela pour me l'être souvent fait expliquer à bord du *Zoulouland*.

— Bon, je vais essayer. »

Et Landry, prenant place dans le fauteuil, saisit les poignées.

Déjà la bonbonnière circulait de main en main, et Mme de la Blanchère offrait à ses amis de petits verres d'élixir, pendant que M. Balthazard goûtait à l'aliment gazeux, qu'il trouva aussi délicieux que réconfortant.

Mais une sonnerie d'un timbre tout à fait inaccoutumé retentit. En même temps l'écran, dont la présence a été signalée, s'éclaira; on y vit projeté le visage ridé du chef des Aréanthropes, Raph Glymm, clignant de ses trois yeux, ce qui était sa façon de sourire. Et le téléphone haut-parleur transmit des sons désagréables, qui furent ainsi traduits :

« Enfants aux longs cheveux, dont la douceur me charme, et vous, Terriens, qui semblez moins fourbes et moins méchants que vos semblables, salut! Soyez les bienvenus en ce lieu, d'où va rayonner la puissance aréanthropique, destinée à dominer la terre comme elle a déjà conquis, du droit du plus savant, cette planète plus jeune, que vous appelez Vénus.

« Ainsi qu'on vous l'a dit, je suis un peu souffrant, à cause de cette chaleur affreuse, à laquelle mon organisme, d'ailleurs débilité par l'âge, n'est pas habitué, car il fait très froid sur notre globe natal. Mais j'espère que, demain, je pourrai vous recevoir.

— Père vénérable, répondit Miss Milburne, nous faisons des vœux pour votre santé. Permettez-nous aussi d'implorer la grâce des malheureux condamnés, dont nous avons vu tout à l'heure le terrible châtiment.

— Il sera fait selon votre désir. Je donne l'ordre de mettre fin à leur supplice.

— Merci, Père, nous glorifions votre sagesse et votre bonté!

— A demain. Reposez paisiblement. Ma bénédiction est sur vous. »

La petite colonie terrienne à laquelle les Aréanthropes donnaient l'hospitalité s'efforça de dormir le mieux possible, mais son sommeil ne fut pas des plus profonds. M. Balthazard rêva qu'il épousait Mrs Papacock, devant le vieux Raph Glymm, faisant l'office de maire, et ceint d'une écharpe multicolore, qui n'était autre qu'un morceau de l'anneau de Saturne. Puis ils partaient en voyage de noces à travers les planètes de notre système solaire.

Heureusement l'usage du fauteuil électrique, aux effluves réparateurs, suppléa parfaitement au manque de sommeil.

Le lendemain, selon sa promesse, le chef des « Diables » reçut ses hôtes et leur fit visiter ce que Georges appelait Aréopolis, c'est-à-dire « la ville martienne ».

Dans les autres baraquements, se trouvaient les laboratoires d'électricité, de physique, de chimie, de bactériologie, et les appartements et autres appareils. Quant à l'éclairage ordinaire, il nous est fourni de préférence par des microbes lumineux, que nous élevons et qui vivent sur un enduit spécial, appliqué aux plafonds, aux cloisons et aux tentures. Pour faire l'obscurité, il suffit de lancer une décharge électrique d'une nature particulière, qui a la propriété *d'éteindre* les microbes. En inversant le courant, on les rallume. »

Le Martien fut interrompu par un cri de terreur, poussé par Landry, qui pourtant n'était pas poltron. Le chauffeur avait le pied

M. BALTHAZARD GOUTAIT A L'ALIMENT GAZEUX QU'IL TROUVA DÉLICIEUX

privés des Aréanthropes; comme ceux-ci craignaient beaucoup la chaleur, un revêtement isolant protégeait les toits contre l'ardeur du soleil.

Le reste du plateau, devant les phares, était couvert d'ateliers, d'entrepôts, d'usines diverses, mécaniques, chimiques et surtout électriques. Il y avait aussi un garage pour les merveilleux hélicoptères électriques. Tout cela différait complètement de ce qu'on a coutume de voir sur notre globe.

« J'avoue, déclara M. Balthazard, que je suis déconcerté. Nous ne sommes que des enfants à côté de ces gens-là. »

Raph Glymm s'empressa d'expliquer sommairement ces installations :

« La force motrice, dit-il (Miss Grâce traduisant toujours ses paroles), nous est fournie avec une abondance inépuisable par l'électricité atmosphérique, puisée dans les couches supérieures de l'air par ces rayons violets que vous avez vus hier. En plein jour, ils sont invisibles. Le fluide est amené dans de puissants transformateurs, qui le modifient de façon à le rendre utilisable par nos moteurs

pris dans quelque chose, qui semblait un paquet de cordages; mais cela remuait.

« Débarrassez-moi de cette pieuvre! implorait-il.

— Ce n'est pas une pieuvre, répondit Georges, c'est une algue vivante, comme celle que *La Franche-Comté* avait pêchée en plein Océan. »

Raph Glymm se retourna et, ouvrant son troisième œil, en regarda fixement le monstre, d'ailleurs plus répugnant que redoutable, qui écarta aussitôt ses tentacules.

« C'est un échantillon des animaux-plantes qu'on voit sur notre planète. Elle est, vous le savez, fort sèche, et les plantes douées d'une certaine mobilité se dirigent instinctivement vers les marécages qui remplacent pour nous les lacs et les mers, ou bien vers les tas de neige ou de glace qui, en fondant, leur fournissent l'humidité nécessaire. Elles ne s'enracinent pas, mais puisent la vapeur d'eau par les ventouses de leurs tentacules, et, si la terre se dessèche, elles s'en vont ailleurs. Elles peuvent atteindre des proportions colossales.

— Avez-vous apporté d'autres échantillons de votre flore ou de votre faune?

— Oui, regardez. »

Le chef des Aréanthropes montrait une sorte de taupinière, à laquelle aboutissaient des galeries souterraines. Il les regarda fixement de *son œil orangé;* presque aussitôt on vit sortir de ce terrier une bête très étrange, qui avait un bec pareil à ceux des oiseaux et six pattes.

« Mais c'est une taupe à bec! s'exclama M. Balthazard.

— Vous avez sous les yeux, continua Raph Glymm, le principal habitant du sous-sol martien. Cet animal vit sous terre, se nourissant de plantes et de larves d'insectes. Chez nous, où la pesanteur est bien moindre, il est plus à l'aise qu'ici, creuse des galeries beaucoup plus profondes, et se meut plus rapidement. »

La créature singulière, qu'on appelait *Foum-tam,* c'est-à-dire fils du sol, avait en effet une démarche un peu lourde, qui participait du saut; elle courait avec ses quatre pattes de devant, puis sautait, en s'arc-boutant sur celles de derrière. Mais déjà le vénérable guide s'approchait d'une sorte d'immense volière, où prenaient leurs ébats des êtres légers et bourdonnants. A sa vue, ils firent entendre un sifflement croissant et décroissant, qui rappelait celui des sirènes.

« Des oiseaux? demanda Mrs Papacock?

— Pas précisément, mais de petits quadrupèdes ailés. »

Sur un regard orangé de l'Aréanthrope, une de ces bestioles vint s'accrocher au grillage de la volière. Malgré sa minuscule taille, elle était effrayante : crocodile en miniature, elle avait six pattes, comme la taupe, une gueule avide, garnie de petites dents aiguës, des oreilles pareilles à celles d'une chauve-souris, des ailes, et, à la queue, un dard, comparable à celui des frelons, mais bien plus gros.

« Ces animaux sont d'une voracité redoutable, et se reproduisent avec une fécondité prodigieuse. Jadis, ils ont failli dévaster la terre martienne, en dévorant tous les végétaux et en piquant les autres animaux de leurs aiguillons extrêmement venimeux. Mais depuis longtemps nous les maîtrisons sans peine, grâce aux effluves électriques ou nerveux qui nous permettent de nous faire obéir de tous les êtres vivants. »

Raph Glymm foudroya de son regard *rouge* le petit crocodile accroché au grillage; l'insecte monstrueux tomba, et fut aussitôt mangé par ses compagnons. Puis, sur les ordres du regard *orangé,* ces animaux que M. Balthazard avait déjà dénommés *ptérocrocodiles,* c'est-à-dire crocodiles ailés, exécutèrent avec un ordre parfait divers exercices : ils s'abattirent sur le sol, se rangèrent en lignes régulières, de façon à dessiner des figures géométriques, s'entassèrent dans un angle, s'égaillèrent sur la clôture métallique, enfin, se réunissant, formèrent une énorme boule, semblable à un essaim de guêpes.

Les spectateurs de cette scène allaient exprimer leur étonnement effaré, quand un Aréanthrope, le secrétaire interprète de Raph Glymm, remit à celui-ci un message qu'avait reçu le poste de télégraphie sans fil. Ce radiotélégramme, lancé par le grand quartier-général d'Harfleur, était ainsi conçu :

« Rendez-vous, sinon attaquerons bientôt et vaincrons coûte que coûte. »

Le chef des Martiens, en écoutant cette sorte d'ultimatum, cligna de nouveau de ses trois yeux, d'un air méprisant, puis, sans autre commentaire, dit, ou plutôt ordonna à ceux qu'il guidait : « Venez! je vais maintenant vous montrer *le microbe de la mort subite.* »

XXV

LA SITUATION DEVIENT CRITIQUE

Le petit cortège, dont la surprise émerveillée faisait place à l'effroi, pénétra dans un laboratoire encombré de bocaux, de récipients aux formes les plus imprévues, qui contenaient des liquides de couleurs variées, des bouillons de culture, des plaques de gélatine ensemencées de micro-organismes divers.

Raph Glymm, non sans fierté, montra, d'un de ses longs doigts, à ses compagnons, un flacon plein d'un liquide rosé.

« Voici une culture pure du « microbe de la mort subite », ainsi appelé parce que tout être vivant dont l'organisme est touché par ce bacille meurt au bout de quelques secondes, si rapidement que tout son corps, devenu instantanément rigide, garde exactement la position dans laquelle il se trouvait. Désirez-vous que je vous fasse constater ses effets sur quelque animal ou sur l'un de ces travailleurs révoltés que j'ai dû châtier?

— Oh! non, s'écria Grâce avec horreur, je vous supplie... »

Un sifflement caractéristique lui coupa la parole, le sol trembla, et les bocaux redoutables vibrèrent de façon inquiétante, au point que l'on craignit de les voir se briser.

Georges de la Blanchère et Landry se regardèrent en pâlissant. Ils avaient reconnu le bruit caractéristique d'un obus de gros calibre.

On sortit du laboratoire. Un second radiotélégramme fut remis au chef des Aréanthropes, qui se le fit aussitôt traduire par son secrétaire interprète. Voici quelle en était la teneur : « Dernier avertissement ; attaquerons dans une heure. » Raph Glymm fronça ses trois sourcils.

« Je commence, dit-il, à regretter de n'avoir pas réduit à l'impuissance les insensés qui osent nous menacer. Il m'eût été facile de les tuer tous, et de faire éclater leurs canons. Leur imprudence a risqué de répandre dans la ville, dans la contrée et sur toute la planète, ces microbes terribles que vous venez de voir ; c'eût été la mort de tous les hommes, non la nôtre, car nous sommes immunisés contre la contagion. Or nous préférerions ne pas faire disparaître l'humanité... »

Ces mots firent passer sur les assistants un frisson glacé.

« Laissez-moi, supplia Georges, courir au grand quartier-général d'Harfleur, afin d'expliquer aux autorités une situation dont ils n'ont apparemment aucune idée, et d'obtenir qu'elles renoncent à l'attaque dont elles vous menacent.

— Soit, mais je tiens à ce que vous terminiez auparavant cette visite, afin de pouvoir rapporter à vos compatriotes tout ce qu'ils *doivent savoir.* »

On était arrivé au bâtiment de briques, où se trouvaient des appareils métalliques de formes imprévues, mais dont beaucoup ressemblaient un peu à de gros canons, les uns verticaux, les autres horizontaux. Ces derniers étaient braqués vers la ville, par des ouvertures pratiquées dans la maçonnerie.

« Voici, dit Raph Glymm, notre seconde usine génératrice d'énergie, qui fonctionne lorsque la captation de l'électricité atmosphérique est impossible ou difficile, pour une cause ou pour une autre, ou bien encore lorsqu'on a besoin d'une puissance supérieure à celle de la première usine. Ces moteurs fonctionnent par l'action du métal *dissocié.* Vous savez que la dissociation des atomes, qui, agglomérés par une formidable attraction, composent tous les corps, peut produire une énergie énorme. Si elle se libérait subitement, cette énergie incalculable suffirait à détruire tout le pays et à provoquer les plus épouvantables cataclysmes. Mais, grâce à des fours électriques spéciaux, nous préparons le métal de telle sorte que sa dissociation s'effectue, non pas instantanément, mais graduellement et régulièrement, en produisant une force utilisable et considérable. Des transformateurs appropriés permettent de l'employer sous diverses formes : rayons lumineux, rayons calorifiques ou effluves électriques, ou fluide moteur.

— C'est merveilleux ! murmura M. Balthazard.

— Ici, continua l'Aréanthrope, est notre infirmerie : les malades y sont traités presque uniquement par des radiations variées, qui sont efficaces contre toutes les maladies. A côté se trouve notre laboratoire de physiologie expérimentale et notre établissement de puériculture, où sont élevés quelques embryons, nés depuis notre arrivée sur la terre. »

On entra dans une salle, maintenue à une température constante et assez élevée, où se trouvaient quatre cloches de verre, mu-

« LAISSEZ-MOI, SUPPLIA GEORGES, COURIR AU GRAND QUARTIER-GÉNÉRAL »

nies de tubulures, qui les mettaient en communication avec des réservoirs. Elles abritaient de petits Martiens, qui grossissaient presque à vue d'œil dans ces couveuses. Ils reposaient, à peu près immobiles, sur des coussins de mousse de platine et une simple manœuvre de robinets suffisait : pour les baigner d'eau tiède, les sécher par un courant d'air chaud, et les alimenter au moyen d'élixirs et de gaz nutritifs.

« Pauvres mignons ! », soupira Mme de la Blanchère.

Mais son apitoiement ne fut guère partagé par ses compagnons.

« Cela me rappelle, dit tout bas Landry, les monstres qu'on voit conservés dans de l'alcool, aux musées d'histoire naturelle.

— Et là, qu'y a-t-il? demanda Georges, en montrant un hangar, où de grandes quantités de caisses étaient amoncelées.

— Ce sont, expliqua Raph Glymm, les énormes stocks de rhum, d'autres liqueurs et d'alcools, que nous avons trouvés en ville et que j'ai fait transporter ici. Il m'a paru nécessaire, ou tout au moins prudent, de mettre ces dangereux poisons, que les Terriens sont assez fous pour absorber par vile gourmandise, hors de la portée de nos travailleurs. Plus tard, tout cet alcool sera utilisé pour la fabrication de produits chimiques.

— Ma foi, murmura M. Balthazard, je boirais bien, malgré tout, un petit verre de cognac ou de rhum, voire de « calvados ».

— Chut! voulez-vous bien vous taire! » répondit Miss Grâce, toute tremblante.

Et ce fut alors seulement qu'il remarqua la pâleur extrême de sa cousine.

« Etes-vous souffrante? lui demanda-t-il, tandis que Mrs Papacock s'empressait auprès de son élève.

— Je suis très fatiguée, répondit la jeune fille, et surtout, ces émotions m'ont brisée; je redoute enfin que de tragiques événements ne viennent dévaster notre pauvre planète; à cette pensée, une angoisse infinie m'étreint; j'en souffre d'autant plus que nous sommes acteurs de ce drame inouï, et que nous ne pourrons probablement rien pour l'empêcher. »

Elle éclata en sanglots convulsifs, qui eurent du moins pour effet de soulager un peu sa détresse.

« Chère cousine, dit M. Balthazard, ne vous abandonnez pas ainsi à ces tristes pensées. Eprouvée déjà par notre long voyage, vous avez fourni, en traduisant pour nous les discours singuliers de Raph Glymm, un effort très considérable; il n'est pas étonnant que vous soyez lasse. Pour ce qui arrivera, ne vous en donnez pas trop de souci. Nous nous efforcerons de conjurer les malheurs qui menacent notre globe; espérons que nous y réussirons!

— Je pars, dit Georges, pour Harfleur; je ferai l'impossible pour obtenir que ce néfaste projet d'attaque soit abandonné, et pour qu'intervienne un accord, préliminaire à la paix définitive géo-aérienne. Qui veut m'accompagner?

— Moi, naturellement, répondit Viviane.

— Et moi aussi! s'écria Landry.

— Quant à moi, dit M. Balthazard, je ne puis quitter ma cousine en ce moment.

— Ma place est également ici », déclara Mrs Papacock.

Le vieil Aréanthrope Raph Glymm regardait Grâce avec étonnement et son œil *ordinaire* exprimait un sentiment de sympathie apitoyée. Il émit quelques sons plus doux que de coutume, et qui signifiaient :

« Les grands enfants aux longs cheveux sont des êtres jolis, mais bien fragiles; nous sommes heureux de n'en pas avoir sur notre planète. »

Il fit ensuite reconduire la jeune Américaine dans la grande salle du baraquement central, qui était la pièce la plus confortable.

Puis il crut devoir adresser à Georges ces graves recommandations, traduites cette fois par Mme de la Blanchère :

« Faites bien comprendre à vos compatriotes que je puis, non seulement exterminer leur armée, mais provoquer dans votre pays et sur toute la terre les plus irrémédiables cataclysmes, quitte à la repeupler ultérieurement. Les radiations dont je dispose neutraliseraient *votre* électricité, détruiraient en quelques secondes vos canons, vos avions, toutes vos machines, et tueraient naturellement tous vos soldats. Mais il y a mieux. Je puis déchaîner des tempêtes, des pluies, qui causent les plus désastreuses inondations, ou une sécheresse, qui abolisse tout espoir de récoltes; répandre parmi vous *les microbes de la mort subite*, qui feront périr tous les hommes; puis, pour éviter que la décomposition de tous ces corps ne fasse naître des épidémies qui rendent la terre inhabitable, nous lancerons des nuages de nos ptérocrocodiles, qui dévoreront les cadavres, sans en souffrir, car ils sont immunisés contre le bacille. Ensuite, sur l'ordre irrésistible de nos rayons magnétiques, ils se rassembleront en gigantesques essaims, qui s'en iront docilement se noyer dans la mer ou se brûler aux brasiers que nous allumerons.

« Alors, à notre signal, nos frères, de la planète que vous appelez Mars, viendront nous rejoindre, dans des obus semblables aux nôtres, et coloniseront ce globe, devenu l'héritage légitime d'une race très supérieure à la vôtre. Les Terriens doivent se soumettre ou disparaître. Place aux Aréanthropes!

« Allez, le temps presse, et rapportez fidèlement à vos chefs ce que vous venez d'entendre. »

En faisant ce discours menaçant, le vieil Aréanthrope avait redressé sa taille, haute de deux mètres soixante-quinze centimètres, et ses trois yeux ouverts (mais sans qu'il leur fît donner leur redoutable puissance) jetaient des éclairs fantastiques et multicolores. Il se retira majestueusement.

Ses auditeurs sentirent une mortelle épouvante les pénétrer; le profond regard orangé les avait pénétrés jusqu'au fond de l'âme. Georges mordillait sa moustache blonde, signe de forte émotion. Landry serrait vainement les poings; Mme de la Blanchère, après avoir traduit les derniers mots de Raph Glymm, ne put retenir ses larmes.

« Hâtez-vous, dit-elle à son mari; l'ultimatum envoyé par les autorités d'Harfleur doit bientôt expirer.

— Dans une demi-heure, répondit Georges après avoir consulté sa montre. Le délai suffit, mais il ne faut pas perdre de temps.

— Envoyons un radio-télégramme. Comment n'y avons-nous pas pensé ?

— Ce ne sera pas suffisant. Néanmoins, vous avez raison. »

On s'empressa de télégraphier :

« N'attaquez pas. Péril pour France entière ; vous expliquerons situation. »

La réponse fut :

« Impossible différer attaque suprême. Fuyez ! Détruirons toute la ville si besoin. »

« Vite, cria Georges, à l'automobile. »

Mais on ne put en approcher : le cercle tracé par Momm Trump en interdisait l'accès. Il fallut aller chercher l'Aréanthrope.

Enfin la voiture démarra. Lancée à une vitesse folle, elle s'engagea bientôt dans la rue Félix-Faure. Du haut des villas qui bordent cette voie, des tubes, des projecteurs et d'autres dispositifs étranges étaient braqués sur la ville, qu'ils inondaient apparemment d'ondes électriques, ou d'autres fluides inconnus, destinés à propulser les moteurs des ateliers, en même temps qu'ils alimentaient les lampes, les foyers calorifiques, les fours et tout ce qui réclamait de l'énergie, de la lumière et de la chaleur.

« Et Miss Grâce, s'écria soudain Mme de la Blanchère, nous l'oublions ! Et Mrs Papacock et M. Balthazard ? Nous ne pouvons les laisser exposés à la mort qui les menace.

— Nous n'avons plus guère que vingt minutes, répondit Georges. Nous ne pouvons revenir en arrière. D'ailleurs, rassurez-vous ; cette attaque si redoutable ne se produira pas. Bientôt nous serons au grand quartier-général, et nous saurons persuader au commandant en chef qu'il ne doit pas songer à lutter contre les tout-puissants Aréanthropes. Dans dix minutes, à peine, nous serons arrivés, et... »

A cet instant précis, l'automobile fit une embardée terrible ; une des roues d'arrière venait de se détacher et de se briser ; les voyageurs, par un vrai miracle, se trouvaient indemnes, mais la situation n'en était pas moins critique, car ils avaient bien un pneu de rechange, mais non une roue ; c'était donc la panne irrémédiable.

Et le temps continuait à fuir ! Dans un quart d'heure, à peine, allait se déclencher l'attaque insensée, qui devait avoir pour conséquence fatale la condamnation à mort de l'humanité.

XXVI

LE PLUS IMPRÉVU DES DRAMES

Cependant Grâce Milburne, contrairement à l'espoir de son fiancé, ne se remettait que lentement de son malaise. Elle était toujours très pâle ; cependant, au bout de quelques minutes, elle se sentit un peu mieux.

« Chère cousine, soupira M. Balthazard, avec un attendrissement mélancolique, je suis au désespoir de vous voir ainsi souffrante et de songer que c'est à cause de moi.

— De vous, mon cousin ?

— Sans doute, puisque c'est pour faire ma connaissance (j'en suis vraiment confus) que vous êtes venue en France et que vous vous êtes trouvée prise dans cet engrenage « diabolique ».

— Vous n'y êtes pour rien ; c'était le vœu de mon pauvre père, et je me suis fait un devoir sacré de l'accomplir.

— N'importe, c'est ma faute, et j'en suis infiniment triste.

— Votre sympathie me touche.

— Ah ! chère cousine, je vous ai tout de suite admirée ; votre beauté m'a d'abord ébloui...

— Je vous en prie, pas de compliments !

— Puis votre intelligence, votre jugement, votre science, m'ont émerveillé. Les épreuves que vous avez subies m'ont profondément ému, celles que nous avons supportées ensemble nous ont rapprochés, et, à mon admiration, a succédé une pure et vive affection.

— Croyez bien, mon cousin, que j'ai aussi de l'amitié pour vous. Eh ! bien, dans tout cela je ne vois rien de si attristant.

— Hélas ! c'est navrant ! et je suis bien à plaindre.

— Pourquoi donc ?

— Parce que... Mais non, laissez-moi goûter encore le plaisir de vous voir, de contempler votre sourire si lumineux, d'entendre votre voix si mélodieuse, d'être près de vous, sous votre regard indulgent. Laissez-moi en savourer encore la douceur, avant de la perdre.

— Que voulez-vous dire ?

— J'avais fait un rêve délicieux et insensé ; j'y étais, il est vrai, encouragé par l'hypothèse trop bienveillante et trop flatteuse de feu mon cousin, votre regretté père. Il souhaitait que je devinsse votre fiancé. Pardonnez-moi si je me suis abandonné à un songe fallacieux et présomptueux, si j'ai caressé un espoir irréalisable.

— L'est-il tant que vous le croyez ?

— Ah ! ma chère cousine, c'est en vain que vous essayez de me dérober l'évidence. Je ne suis pas digne de vous.

— Oh ! c'est grave ! Quel crime avez-vous donc commis ?

— Ne me contraignez pas à un aveu pénible. Non, je ne suis pas un criminel, mais c'est peut-être pis encore !

— Vous m'effrayez! Expliquez-vous! Je le veux, il le faut.

— Souvenez-vous, ma chère cousine! Je devais, pour obéir aux volontés de mon cousin, vous conduire dans le monde, vous présenter aux plus hauts personnages de France et de Navarre, vous introduire dans les salons les plus fermés et les milieux les plus brillants, enfin, vous rassasier de fêtes, de bals, de soirées, de luxe, de plaisirs mondains... Hélas! le moment est venu de vous faire un aveu sincère, si pénible soit-il, c'est que

« LE MOMENT EST VENU DE VOUS FAIRE UN AVEU SINCÈRE »

(peut-être l'avez-vous déjà remarqué?) je suis l'homme le moins fait pour aller dans le monde : l'être le plus indépendant, le plus sauvage, le plus « ours » qui soit; on me voit rarement au théâtre, j'ai horreur des fêtes, je ne vais jamais dans les soirées, je n'ai vu de ma vie un bal, les salons m'inspirent un éloignement indicible; en fait de luxe, j'aime à me promener dans mon jardin en sabots et en manches de chemise, la pipe à la bouche, et, aux compagnies les plus choisies, je préfère celle de Lilith, de Jacqueline, de Gontran et de Mathusalem. J'aimerais mieux vivre avec les Aréanthropes (bien qu'ils ne m'inspirent pas de sympathie), qu'avec les princes, les duchesses et les marquises. En un mot, je suis absolument incapable d'être le guide que vous cherchez, encore moins le séduisant fiancé, le mari impeccable, que rêvait mon pauvre cousin. J'en ai honte, mais c'est ainsi; je n'y puis rien! Reprenez donc votre entière liberté, ma cousine, et ne m'en veuillez pas trop! »

Le visage de Grâce Milburne exprimait une certaine surprise, sur la signification de laquelle M. Balthazard se méprit.

« Pardon, encore, continua-t-il, du chagrin que je vous cause. Je ne sais pourquoi je vous parle de tout cela, précisément un jour où vous êtes un peu souffrante. C'est stupide et déplacé. Sans doute est-ce parce que je suis moi-même, sinon malade, du moins fatigué, triste, maussade, insupportable. »

Cette fois, la jeune fille sourit gaîment.

« Mon cher cousin, dit-elle, loin de vous en vouloir, je vous sais gré de votre franchise et je veux que la mienne y réponde. Comme je vous l'ai dit, j'ai obéi aux dernières volontés de mon père. Mais mes goûts ne sont pas exactement tels que l'imaginait sa tendresse. Il estimait nécessaire que j'allasse dans le monde; il croyait, en outre, que j'y trouverais du plaisir; or, je n'aime pas la vie mondaine, je sens que je ne l'aimerai jamais; je préfère l'étude, la méditation, les arts, toutes les occupations sérieuses et utiles; c'est peut-être aussi pour cela, précisément, que mon père me cherchait des distractions. Mais je n'en ai pas besoin. Le monde m'est aussi odieux qu'à vous!

— En vérité, je n'ose en croire mes oreilles!

— Soyez donc sans crainte. Au reste, c'est moi qui suis seule juge d'apprécier si vous avez rempli les conditions imposées. Or, j'estime qu'il en est ainsi, puisque vous m'avez menée dans un « grand monde », bien plus merveilleux encore; celui des Aréanthropes, représenté par leur colonie terrienne, dont nous sommes les hôtes.

— Ma douce Grâce, je puis donc toujours me parer du beau titre de fiancé?

LE CIEL S'EMPLISSAIT D'ÉNORMES NUAGES NOIRS D'ASPECT LUGUBRE

— Sans doute, si toutefois vous n'avez pas juré de rester célibataire, et si vous ne me détestez pas trop ?

— Ah ! ma bien-aimée ! les mots ne peuvent exprimer mon ravissement ! »

« Chère Mrs Papacock, dit la jeune fille, auriez-vous l'obligeance d'aller voir dehors le temps qu'il fait ? Je me sens presque guérie et peut-être sortirai-je un instant, si l'air n'est pas trop étouffant. »

La gouvernante se dirigea vers une des portes.

« Mais j'y pense, ma chère cousine, reprit M. Balthazard, soudain redevenu soucieux, je ne puis aspirer au bonheur de vous épouser ; vous êtes trop riche.

— Vraiment ? Eh ! bien, je diminuerai ma fortune, en instituant des fondations pour des recherches scientifiques et en créant des laboratoires, sans parler des œuvres d'assistance que je subventionne. Et c'est vous qui me guiderez, pour employer ces sommes au mieux des intérêts de la science, car je sais, mon cousin (bien que vous ayez trop de modestie) quel grand savant vous êtes, et je vous admire, mon cher fiancé.

— Oh ! ma fiancée chérie, je vous admire bien plus encore ! »

Et M. Balthazard, se mettant à genoux, baisa la main de Grâce Milburne.

A cet instant, Mrs Papacock revenait, désappointée :

« C'est étrange, dit-elle, je ne puis ouvrir aucune des portes. Elles sont comme verrouillées à l'extérieur.

— Nous serions donc prisonniers ? » dit M. Balthazard, en allant inspecter les serrures.

Effectivement, les deux portes de la salle, immobilisées par de puissants verrous, enfermaient, comme dans un cachot, les trois « terriens ».

Ils n'eurent d'ailleurs guère le temps de philosopher sur leur sort, car, à peine avaient-ils constaté leur triste situation de captifs que des phénomènes imprévus et des plus inquiétants attirèrent leur attention. Des lueurs bleuâtres, roses, mauves, orangées et violettes flottaient dans l'air, et couraient sur tous les câbles électriques, ainsi qu'autour des machines et de tous les objets métalliques. Les distributeurs d'aliments solides, liquides et gazeux lançaient des phosphorescences multicolores, et du fauteuil électrique s'échappaient des gerbes d'étincelles crépitantes. Bien mieux, des bobines de fil de platine, qui étaient fixées aux parois du baraquement, on ne savait à quelle fin, commençaient à rougir, en répandant une chaleur extrême. Elles allaient sûrement communiquer le feu à la construction inflammable.

« Fuyons ! s'écria M. Balthazard. Il y a péril à rester ici. J'ai le sentiment qu'il se passe des choses extraordinaires et très graves.

— Mais comment sortir, puisque tout est barricadé ? »

M. Balthazard avisa soudain le gros tube d'acier qui contenait le gaz nutritif sous pression. Le libérant des attaches qui le maintenaient et des tuyaux minces qui le reliaient à l'inhalateur, il le traîna devant la porte, afin d'enfoncer celle-ci au moyen de ce bélier improvisé. Ce ne fut pas une tâche facile. Mais enfin, les serrures, verrous et gonds cédèrent. Il était temps, car le feu commençait à mordre le baraquement.

A peine rendus à la liberté, les évadés inspectèrent les alentours. On ne voyait rien, sinon des colonnes de fumée, qui signalaient la présence d'autres foyers d'incendie. En même temps, le ciel s'emplissait d'énormes nuages noirs, d'aspect lugubre.

« Et les Aréanthropes, que sont-ils devenus ? demanda Grâce. Je suis étonnée qu'ils restent invisibles, dans ce péril pressant.

— Moi aussi, j'en suis stupéfait. Ils ont certainement de puissants moyens (que nous ne soupçonnons pas) de combattre ce fléau. S'ils ne les mettent pas en œuvre, c'est qu'ils en sont empêchés. Par quoi ? D'ailleurs la cause même de ces sinistres semble être dans des phénomènes électriques anormaux, qui, à eux seuls, démontrent que les Martiens n'ont plus le contrôle de leurs dangereuses machines. »

M. Balthazard se précipita vers le baraquement où se trouvaient les appartements de Raph Glymm et des chefs de service qui lui servaient de ministres. Contrairement à son attente, la porte n'était pas fermée. Il entra. Mais aussitôt il poussa un cri d'horreur et recula, pour empêcher les deux femmes d'entrer, mais il était trop tard. Leurs regards plongeaient déjà dans la salle, où le grand corps de Raph Glymm gisait, égorgé, au milieu d'une mare de sang, de sang *vert*. Ses trois yeux dilatés exprimaient, en même temps que la souffrance, une tristesse et un désespoir infinis. L'arme du crime était une hache, qui avait dû être oubliée par un des ouvriers employés aux constructions. Derrière le chef des Aréanthropes, s'allongeaient les cadavres gigantesques de ses collaborateurs directs, tués de la même façon, par des assassins qui devaient connaître parfaitement l'anatomie des corps martiens, car ils avaient tranché l'artère correspondante à celle que les Terriens nomment la carotide. En outre, pour faire cette blessure terrible et précise à la hauteur du cou, c'est-à-dire à plus de deux mètres, et *de haut en bas*, il fallait que le coupable fût, lui aussi, un Aréanthrope.

« Eloignez-vous, dit M. Balthazard à sa cousine, qui défaillait devant ce lugubre tableau.

— Je ne vous quitterai pas, répondit-elle, en se ressaisissant par un héroïque effort.

— Allons aux phares ! »

Là, le spectacle ne fut pas moins affreux ; les gardiens du poste récepteur d'électricité atmosphérique, deux Martiens géants, avaient été assommés par des objets contondants et coupants à la fois.

« Des bouteilles ! » s'écria Grâce.

En effet, le sol était jonché d'éclats de verre.

« Est-ce que, par hasard... » M. Balthazard n'acheva pas la phrase commencée ; laissant là ses compagnes, il se dirigea vers un baraquement voisin, où il pénétra.

Ce qu'il y vit était sans doute particulièrement épouvantable, car, lorsqu'il ressortit — presque aussitôt, — il avait le visage tout décomposé.

« N'approchez pas ! cria-t-il aux deux femmes, il y a du danger ».

Grâce Milburne, de son côté, l'appelait avec angoisse :

« Venez, je vous en supplie ! Regardez ! le feu fait de terrifiants progrès ; bientôt, tout sera embrasé. Et nous oublions les autres périls, les crocodiles ailés vont s'échapper...

— Et le microbe de la mort subite... Oui, fuyons ! Qui sait d'ailleurs quels ravages et même quelles déflagrations peut provoquer l'affolement des ondes électriques et des autres fluides, dans l'usine des générateurs à métal dissocié ? »

Des trépidations croissantes faisaient trembler le sol, des lueurs fantasmagoriques passaient dans les airs, comme des fantômes multicolores, et l'on sentait des picotements et des secousses électriques, dus, évidemment, aux courants intenses qui balayaient tout le plateau d'Ignauval.

Des éclairs sillonnaient le ciel, et le tonnerre éclatait avec une violence inouïe.

Les trois fugitifs se mirent à courir. Comme la jeune fille, harassée, ne pouvait soutenir cette allure, M .Balthazard la prit dans ses bras, avec une tendre sollicitude. Mais, où trouver un sûr refuge ? Il songea tout à coup au fort de Sainte-Adresse, qui était à proximité. Il l'atteignit bientôt, le trouva désert, les portes ouvertes. Avisant une casemate souterraine, qui eût pu résister à un bombardement, il y déposa son fardeau précieux, au moment même où se déchaînait, dans toute sa furie, un orage *surnaturel,* accompagné de trombes d'eau et d'une tempête à épouvanter les vieux loups de mer.

Comme les fiancés, heureux d'être en sécurité, poussaient avec émotion un soupir de délivrance, une effroyable explosion secoua la colline, une explosion si formidable que la ville du Havre tout entière semblait s'être abîmée dans les flots.

XXVII

LA RÉVOLUTION GRONDE

PENDANT longtemps, une angoisse mortelle pesa sur les trois réfugiés. Plusieurs autres explosions avaient succédé à la première, mais elles étaient moins fortes. D'autres encore semblaient éclater, du côté de la rade. Puis tout se calma ; ce calme avait d'ailleurs quelque chose de funèbre ; il évoquait la paix désolée d'un cimetière.

M. Balthazard sortit le premier, en éclaireur. L'orage avait passé. Les alentours du fort témoignaient des épouvantables ravages qu'avait causés la catastrophe. Des pierres, des fragments de bois, de fer, de tuiles, d'ardoises, des débris de verre pulvérisé jonchaient le sol, où gisaient même des poutres énormes, de gros moellons et des objets divers, arrachés des habitations et transportés là par la gigantesque déflagration. Des maisons avaient le toit arraché, d'autres étaient en ruines, d'autres complètement rasées ; quelques-unes, pour attester une fois de plus les capricieux effets des phénomènes de ce genre, semblaient presque intactes. Maintenant, tout était paisible, ou plutôt paraissait mort.

« Vous pouvez sortir, dit M. Balthazard à ses compagnes.

— Allons-nous vers le plateau des phares ? demanda Grâce Milburne.

— Oh ! non, ce serait imprudent. Songez que des explosions peuvent encore se produire ; le peu qui reste (s'il en reste) des machines et appareils métalliques doit se trouver dans un état moléculaire éminemment instable, en raison, tant de la dissociation que savaient provoquer les Martiens, que des effets inconnus des ondes électriques spéciales (ou même d'autres fluides) dont ils se servaient. Autant aller visiter une poudrière, en tenant des torches embrasées. Dirigeons-nous plutôt vers la ville ; peut-être y trouverons-nous quelques-uns de nos semblables à secourir ? »

Le petit groupe rejoignit la rue de la Cavée-Verte, puis, par la rue de Sanvic, gagna la rue Félix-Faure. A mesure qu'il descendait, les dégâts qu'il constatait diminuaient de gravité.

Le haut des maisons, seul, était détruit ou gravement endommagé. Toutefois, par-ci, par-là, des ruines plus complètes attestaient l'action violente de souffles d'explosion qui s'étaient heurtés aux angles. Et puis, chose plus déconcertante, les objets métalliques se trouvaient tous, ou brisés en plusieurs fragments, ou pulvérisés. Effet évident d'une décomposition produite par l'action des fantastiques réactions physico-chimiques dont les Aréanthropes avaient le secret, et qui, après leur massacre, s'étaient intensifiées sans limites.

Un singulier exemple de ce phénomène était offert par une ceinture de cuir, dont la boucle et l'ardillon de fer avaient été volatilisés, laissant une brûlure, qui dessinait leurs contours.

« Je voudrais, murmura Grâce Milburne, avoir des nouvelles de ma chère amie Viviane.

M. BALTHAZARD SORTIT LE PREMIER, EN ÉCLAIREUR

— Et moi aussi, répondit M. Balthazard, je m'inquiète de Georges. Mais je suis sûr que nous les reverrons bientôt. »

A ce moment, on perçut nettement l'écho d'un bruit confus, mais sourdement menaçant. C'était une marée sonore, qui venait déferler, après avoir probablement doublé le cap d'un pâté de maisons. Cela ressemblait aux vociférations d'une foule en délire.

« Attention, dit M. Balthazard, soyons prudents, car un redoutable inconnu nous environne encore. Entrons dans cette villa, dont la grille est ouverte. »

Avisant une échelle, il monta sur le toit d'une sorte de buanderie surmontée d'un grenier, et jeta les yeux vers l'endroit d'où semblait venir le bruit. Presque aussitôt, il redescendit, effrayé.

« Cachons-nous! commanda-t-il. Une véritable armée d'ouvriers révoltés monte de la ville. Ils ont l'air extrêmement surexcités, et capables de tout! D'ailleurs, vous entendez leurs cris sauvages. Cherchons un refuge!

— Les portes de la maison sont fermées, gémit Mrs Papacock.

— Ici nous serons mieux en sûreté », reprit M. Balthazard, en indiquant un « bûcher » accolé à la buanderie, et garni de hautes piles de bois tout scié en prévision de l'hiver.

Il aida les deux femmes à se dissimuler derrière les bûches, puis se fit, lui aussi, un rempart de rondins.

Il n'était que temps. La troupe hurlante qui remontait la rue s'arrêta devant la maison, sans doute à cause de son apparence cossue. Les vociférations diminuèrent et furent remplacées par des plaisanteries grossières.

« Hé! les amis, cria un affreux voyou, reposons-nous un peu ici! M'est avis qu'il serait intéressant de visiter la cave.

— On peut toujours y aller voir, répondit un autre, dont la voix éraillée trahissait les habitudes d'intempérance. Il faut bien, ajouta-t-il, arroser la délivrance de la ville ».

Des bravos, des cris d'allégresse forcenés saluèrent ces paroles et presque aussitôt des hommes, armés apparemment de leviers puissants et d'outils divers, se mirent en devoir de forcer la porte extérieure de la cave, celle par où l'on introduit le charbon et les barriques. Cette porte, de fer, résista quelques minutes, ce qui exaspéra les énergumènes et les fit se répandre en jurons ignobles. Enfin, elle céda, et il se précipitèrent. Leurs cris de joie signalèrent qu'ils avaient trouvé ce qu'ils cherchaient. Bientôt, d'ailleurs, un bruit de bouteilles brisées, de bouchons expulsés par un pétillant champagne, des refrains bachiques et des hurlements éructés par des voix avinées, démontrèrent que les buveurs s'abandonnaient bestialement à une ivresse crapuleuse.

Dans sa retraite, au milieu du silence profond qu'exigeait la prudence la plus élémentaire, M. Balthazard songeait, cherchant à se rendre compte des événements. Sans doute, au moment de l'explosion, peut-être auparavant, le pouvoir presque absolu de fascination et de suggestion qu'exerçaient sur les

« A ELLE-MÊME » RÉPONDIT-ELLE EN LUI TENDANT LA MAIN

travailleurs asservis les rayons orangés et autres radiations tyranniques dont l'action s'ajoutait à l'influence personnelle des « Diables », avait été brusquement aboli. Tous ces hommes ou ces femmes (car il y avait parmi eux des femmes), véritables esclaves courbés sous le joug, s'étaient donc trouvés rendus à la liberté, à l'indépendance complète, en même temps que les fluides, s'intensifiant, allumaient partout des incendies.

Il en était advenu de ces forçats d'un nouveau genre comme jadis des nègres, trop vite libérés du plus dur esclavage : ils s'étaient précipités, avec l'ardeur affolée des fauves dont on ouvre la cage, et s'étaient abandonnés à leurs instincts brutaux, exaspérés par leur longue servitude.

Il ne fallait pas songer à leur résister, ni même à parlementer avec des gens pareils.

Précisément, deux d'entre eux venaient de sortir de la cave et se dirigeaient en titubant vers le bûcher. Ils se répandaient en propos grossiers (qu'heureusement les Américaines étaient incapables de comprendre) et s'étalaient lourdement sur le sol à chaque pas.

« Qu'est-ce qu'il y a dans ce cagibi? cria l'un d'une voix pâteuse. Et il ouvrit la porte, à la grande frayeur des deux femmes.

— Peuh! répondit l'autre, des tas de bois. Rien à faire ici, pour sûr!

— Si on y mettait le feu? Histoire de rire!

— Bah! j'ai déjà trop chaud! Tiens-toi tranquille, abruti!

— C'est toi qui es un abruti, animal! »

Et les deux ivrognes, dont le rire stupide s'était soudain changé en fureur, commencèrent à se battre.

Mais, depuis quelques minutes déjà, on entendait un ronflement caractéristique, de plus en plus fort, qui faisait vibrer l'espace.

« Un avion! » murmura M. Balthazard.

Peu après, on perçut un bruit de roulement sourd, puis un appel de trompe d'automobile, enfin un bruit de chevaux au galop.

Les deux voyous ivres avaient également entendu : ils cessèrent de se boxer et s'acheminèrent péniblement vers la grille d'entrée.

« Attention! dit l'un, on dirait la troupe et la police aussi, sans doute... Viens!

— Tu n'as donc pas de sang dans les veines! répondit l'autre. Moi, ils ne me font pas peur, quand même ils auraient des canons et des mitrailleuses. »

Et il se mit à hurler des injures et des menaces.

On percevait maintenant de brefs commandements militaires. Quelques minutes après, des soldats occupaient la rue, d'autres, conduits par un lieutenant, pénétraient dans la cour de la villa, et enfermaient les buveurs dans la cave, afin de leur permettre de cuver leurs spiritueux, tandis que des agents cueillaient et emmenaient, non sans peine, les deux énergumènes, dont l'un devenait fou furieux, l'autre s'affaissant comme un tas de linge sale.

Quant au reste des émeutiers, ceux qui n'avaient pas été arrêtés s'étaient éclipsés prudemment.

M. Balthazard et ses compagnes sortirent, avec un soupir de soulagement, de leur cachette.

L'officier s'avança et salua.

« C'est sans doute à Miss Milburne que j'ai l'honneur de parler?

— A elle-même, répondit-elle, en lui tendant une main qu'il baisa galamment.

— Permettez-moi de me présenter : lieutenant Fercourt, du 39e d'infanterie. Monsieur Balthazard, sans doute? continua-t-il.

— C'est moi : enchanté, Monsieur, de faire votre connaissance. Peut-être pourrez-vous nous donner des nouvelles de nos amis, M. et Mme de la Blanchère?

— Certes; ils avaient de grandes inquiétudes à votre sujet; je ne vous cacherai pas que moi-même, en entendant ces effroyables explosions, j'ai pensé que vous aviez été complètement déchiquetés.

— Le fort de Sainte-Adresse nous a protégés heureusement.

— Et les Martiens? Que sont-ils devenus?

— J'ai tout lieu de penser qu'ils sont morts jusqu'au dernier.

— Bon débarras! J'ai l'ordre de vous conduire au général Savard, commandant le 3e corps d'armée, à l'Hôtel de Ville, où se trouvent également les ministres de la Guerre et de l'Intérieur, le préfet, le maire du Havre, ainsi que quelques députés où sénateurs et des journalistes. »

Ah! ces journalistes! Ils avaient envahi depuis longtemps le quartier général d'Harfleur; il avait fallu se défendre contre eux et repousser leur invasion, presque aussi redoutable que celle des Aréanthropes. On les avait « filtrés » sévèrement; seuls, les représentants des grands organes de presse avaient reçu des coupe-files, et encore la valeur de ces derniers était-elle amoindrie par de multiples restrictions.

La nouvelle de la « délivrance » du Havre ne s'était pas encore propagée, mais elle n'allait pas tarder à se répandre par tout le monde et il fallait organiser des barrages multiples et serrés pour endiguer le flot des curieux qui allait déferler vers la ville, soit par terre, soit par mer, soit par la Seine.

C'était de quoi s'occupait le ministre de l'Intérieur, M. Dallier, avec le préfet, M. Isambert, le commandant de la Légion de gendarmerie et les fonctionnaires intéressés. Le ministre de la Guerre, M. Reversaux, et le général Savard prenaient les mesures militaires que commandaient les circonstances, dans la ville, où avait été décrété l'état de siège, et dans tout le camp retranché.

Quand le lieutenant Fercourt et ses compagnons arrivèrent à l'Hôtel de Ville, le chef d'état-major téléphonait à Paris pour arrêter, de concert avec le directeur des chemins de fer de l'Etat, un service provisoire de trains entre Rouen et le Havre.

Le téléphone et le télégraphe venaient d'être rétablis, et l'on devine qu'ils ne chômaient pas.

M. Balthazard et les deux femmes furent bientôt introduits auprès du général Savard, qui leur serra vigoureusement la main, en disant :

« Je n'espérais plus, je l'avoue, revoir mes téméraires automobilistes.

— Ma foi, répondit M. Balthazard, ces Diables de Martiens m'ont paru moins redoutables que les brutes terriennes dont nous étions prisonniers.

— Oui, la ville est encore infestée d'énergumènes, qui pillent les magasins et les maisons et mettent le feu aux ateliers et aux navires.

— Peut-être quelques-uns de ces incendies ont-ils été provoqués par les radiations aréanthropiques, rendues plus intenses par la disparition des ingénieurs et des ouvriers qui les contrôlaient.

— Ah! d'après vous, les Martiens auraient disparu avant les explosions? »

M. Balthazard conta au général le massacre des Aréanthropes, puis, non sans quelque inquiétude, ajouta:

« Mais, je ne vois pas mon ami Georges de la Blanchère?

— Il est en ville, avec le colonel directeur du génie et le commandant des pompiers; ils essaient d'éteindre le feu et de sauver de ses ravages quelques-unes des machines extraordinaires installées ici par ces messieurs de la planète Mars. Ah! Il peut se vanter d'être arrivé à temps à Harfleur! Voyant son automobile paralysée par une irrémédiable avarie, il a pu dénicher, dans un magasin abandonné, une bicyclette : il s'est élancé à toutes pédales et s'est présenté à moi, exténué, à la minute précise où j'allais donner l'ordre d'attaquer.

— C'eût été notre mort et le signal d'effroyables catastrophes. »

A cet instant, la sonnerie du téléphone carillonna.

« Allo! fit le général. C'est vous, M. de la

Blanchère? Parfait. Un de vos amis me demandait justement de vos nouvelles. Monsieur...

—... Balthazard, souffla l'intéressé.

— Monsieur Balthazard. Oui, il est sain et sauf, ainsi que les deux dames qui l'accompagnaient. Vous en êtes bien heureux? Moi aussi, parbleu... Allo! que dites-vous? Les émeutiers empêchent que les pompiers n'éteignent les incendies? Repoussez-les, que diable! Comment? Ils disposent d'armes mystérieuses, laissées là par les Aréanthropes? Des sortes de pulvérisateurs? Il faut en neutraliser l'effet... C'est facile à dire, évidemment... Enfin, avisez; d'ailleurs, je vais me rendre sur les lieux. Satanés Martiens! même après leur mort, ils trouvent le moyen de nous arrêter! »

XXVIII

CE QUI RESTE DE LA COLONIE MARTIENNE

Le général Savard monta aussitôt dans son automobile, avec M. Balthazard, et quelques officiers supérieurs, parmi lesquels le médecin principal directeur du Service de Santé du 3ᵉ corps d'armée. Miss Grâce fut priée de ne pas exposer inutilement sa vie en se risquant dans la zone non encore pacifiée. Elle fut conduite auprès de Mme de la Blanchère, qui, pour la même raison, avait été consignée, en quelque sorte, dans un hôtel voisin, réquisitionné pour la circonstance.

La situation, en effet, demeurait assez inquiétante.

Les travailleurs forcés, qui avaient subi la dure contrainte à eux imposée par les « Diables », étaient en état de rébellion ouverte. Aucun motif valable ne justifiait cette conduite. On eût plutôt pensé qu'après cette pénible épreuve, ils auraient accueilli leurs semblables à bras ouverts. Mais l'ivresse de leur délivrance les avait affolés, et profitant de l'occasion, les meneurs de partis avancés leur avaient soufflé l'esprit de révolte, en vue d'établir, à la faveur des circonstances, la dictature du prolétariat (ou plutôt des extrémistes).

De plus, ils avaient trouvé, dans des caves particulières, pillées par eux, de grandes quantités de vins, et même des alcools, soustraits aux réquisitions des Martiens.

En attendant, moitié pour semer l'épouvante, moitié par simple joie de détruire, ces déments attisaient les incendies allumés par suite du détraquement des machines, empêchaient les pompiers et les soldats de lutter contre le feu, et le propageaient même aux édifices environnants. Les ateliers si merveilleusement organisés par les Aréanthropes, les magasins, les entrepôts flambaient. Il en était de même du *Gigantic* et du *Zoulouland*, ainsi que de plusieurs autres navires.

De véritables combats faisaient rage entre les insurgés et les défenseurs de l'ordre; on comptait de chaque côté de nombreux blessés et même des morts. Ces batailles fratricides rappelaient le tragique souvenir de la Commune de 1871. Il fallait pourtant réprimer une folie furieuse qui pouvait gagner le reste du pays.

On fit appel à la cavalerie. Mais les charges furent brisées par l'efficacité redoutable de l'arme étrange dont se servirent les émeutiers. C'était une sorte de mousquet de gros calibre, mais au canon de simple tôle d'acier, peu épaisse. Il projetait, à faible distance, de grosses balles, qui éclataient doucement, en répandant un nuage de poussière blanche. Tous les êtres qui respiraient l'air chargé de ces corpuscules étaient pris de vertiges, éternuaient plusieurs fois spasmodiquement et tombaient comme morts.

On devine quelle fut l'épouvante de Georges de la Blanchère et de tous ceux qui connaissaient l'existence du « microbe de la mort subite ». Cette effroyable crainte empoisonna le plaisir qu'eurent à se retrouver les deux amis.

« En tout cas, dit le général Savard, il faut tenter de lutter contre la contagion; qu'on isole avec soin les hommes contaminés, et qu'on fasse mettre aux autres des masques de protection contre les gaz asphyxiants. Au besoin, je demanderai des casques respiratoires et des scaphandres. En outre, je vais lancer des chars d'assaut contre ces sauvages et nous verrons bien qui aura le dernier mot.

— Certes, déclara M. Balthazard; ces gens-là me paraissent d'ailleurs, pour la plupart, surexcités par le vin et l'alcool qu'ils ont absorbés, pour se dédommager sans doute de la sévérité du régime aréanthropique. Il me vient, sur le traitement à leur appliquer, une idée, que je vais, si vous le permettez, vous soumettre.

— Soumettez!

— Mais vous m'autoriserez, général, à me rendre, avec mon ami Georges, sur le plateau des Phares, pour enquêter sur la catastrophe et recueillir les précieux vestiges qui peuvent subsister des installations martiennes.

— Soit; j'appelle votre attention, toutefois, sur les dangers que peut présenter cette exploration, peut-être un peu prématurée encore.

— Nous les acceptons, et sommes en mesure, mieux que d'autres, d'y échapper.

— Allez donc, à la condition d'être accompagnés par un des officiers de mon état-major, le commandant d'artillerie Chapel, **ainsi** que par le Directeur du génie du 3e corps, et l'Ingénieur en chef des Poudres Baillet, que le Ministre a délégué ici. Maintenant, voyons votre idée. »

M. Balthazard dit quelques mots au général, qui approuva en riant.

Puis une automobile militaire emporta vers

« Quelle désolation ! s'écria le Directeur du Génie.

— Nous ne trouverons rien, je le crains, dit, non sans dépit, l'ingénieur en chef des Poudres, M. Baillet.

— Qui sait ? déclara le commandant Chapel, en détachant un chien policier, qu'il avait amené.

— Va, Kiki, lui cria-t-il, cherche ! »

IL RESTAIT SEULEMENT DES CARCASSES TORDUES PAR LES FLAMMES

Sainte-Adresse les membres de la mission de reconnaissance qui venait d'être ainsi improvisée.

Plusieurs barrages de troupes défendaient l'accès du plateau des Phares ; il ne fallut rien de moins que l'ordre de service, signé du général Savard en personne, pour les franchir, car les consignes étaient extrêmement sévères.

En arrivant au sommet de la colline, la première impression des enquêteurs fut une stupeur effrayée.

Il ne restait plus rien, ni des phares de la Hève, rasés au niveau du sol, ni des baraquements, ni des autres constructions (à part quelques fondations), ni des machines.

Tout avait été brûlé, ou jeté à la mer, ou pulvérisé ; on voyait encore tomber du ciel, une fine poussière, à demi métallique, qui se déposait sur les vêtements et sur la terre.

L'intelligent animal obéit. Mais il sentait apparemment, grâce à son flair merveilleux, quelque chose d'extraordinaire, car, tout en suivant évidemment une piste, il paraissait dépaysé, inquiet. Après avoir parcouru le plateau, il se mit à fouiller ce qui restait des décombres.

Bientôt il rapporta un morceau de brique calcinée.

« Tu te moques de nous, Kiki ! dit son maître ; je ne vois là rien d'intéressant.

— Voulez-vous me permettre d'examiner ce fragment ? » demanda M. Balthazard.

Et presque aussitôt il poussa un cri de joie :

« Voyez ! dit-il en montrant des traces noires, qui formaient une sorte de dessin.

— Qu'est-ce là ?

— Parbleu, répondit Georges, après avoir jeté les yeux sur la brique, c'est la silhouette d'un des *ptéro-crocodiles,* ou crocodiles ailés. »

Il fallut expliquer aux officiers présents ce qu'étaient ces redoutables bestioles, heureusement détruites, tant par l'explosion que par l'incendie.

« Puisse-t-il en être de même, conclut M. Balthazard, de l'effroyable « microbe de la mort subite ».

— Mais qu'arrive-t-il à Kiki ? » s'écria le commandant Chapel.

Et il montrait son chien, qui se roulait sur le sol en hurlant.

« N'approchez pas ! s'exclama M. Balthazard. Rien, d'ailleurs, ne pourrait sauver ce pauvre animal. »

ville, avec leur « lance-microbes », cette épouvantable contagion ! Ce serait pis que les affreuses épidémies de peste du moyen âge.

— Ne reste-t-il vraiment aucune trace des Aréanthropes ? demanda Georges.

— Nous chercherons tout à l'heure ; il serait follement imprudent de nous risquer sur ce terrain contaminé avant d'avoir pris toutes les précautions indispensables. »

« N'APPROCHEZ PAS ! » S'EXCLAMA M BALTHAZARD

En effet, le chien se tordit bientôt dans les suprêmes convulsions, puis resta immobile, mort, les pattes raidies.

« Le terrible microbe a donc survécu ? dit Georges de la Blanchère.

— Apparemment. Changeons vite de gants et ne touchons plus à ce morceau de brique. Il faut désinfecter tout le plateau, car il peut s'y trouver, nous en avons la preuve, des endroits que la flamme n'ait pas purifiés.

— Le mieux, dit le Directeur du Génie, sera de répandre d'énergiques désinfectants liquides, puis de rassembler les décombres dans de grandes fosses, que l'on remplira de chaux vive. Je vais donner des ordres à cet effet. »

Et l'officier revint au barrage le plus proche, rue des Phares, où il y avait un poste muni du téléphone.

« Pourvu, murmura M. Balthazard, que les émeutiers n'aient pas propagé dans toute la

A ce moment, le commandant Chapel revenait :

« Bonne nouvelle ! cria-t-il ; on me téléphone que les intoxiqués au sujet de qui nous avions tant d'inquiétudes sont déjà remis sur pied ; la fameuse poussière, dont l'absorption par les voies respiratoires les avait fait tomber comme morts, ne contenait heureusement qu'un microbe anodin, provoquant un étourdissement profond, mais passager ; il s'agit bien, à ce qu'il semble, d'une simple arme policière, employée par les Martiens pour réprimer efficacement, quoique doucement, toute velléité de résistance.

— Ah ! je respire ; tant d'inconnu nous entoure qu'on pouvait tout craindre.

— Quant à ma corvée de désinfection, elle va venir, avec le matériel nécessaire. »

Bientôt, en effet, arrivèrent des soldats, sur deux camions automobiles, dont l'un apportait de la chaux vive, l'autre des outils de terrassier, des bottes, des combinaisons en tissu caoutchouté, des casques respiratoires et de puissants désinfectants.

Les infirmiers militaires, après avoir revêtu combinaisons, bottes et casques, arrosèrent tout le plateau de liquides antiseptiques ; puis les sapeurs creusèrent une fosse grande et profonde et y placèrent un lit de chaux vive. Après quoi, l'on commença d'y jeter les débris suspects, avec les cendres des baraquements.

M. Balthazard, Georges et les officiers, ayant revêtu le même costume protecteur que les soldats, dirigeaient les travaux de déblaiement et d'assainissement.

« Oh ! voyez, là ! » cria tout à coup Georges.

Dans la direction qu'il indiquait, on aperçut quelques ossements calcinés, de très grande taille.

« Des os d'Aréanthrope ! dit M. Balthazard. Il faut les recueillir avec soin et les garder précieusement.

— Y pensez-vous ? objecta le commandant Chapel. Et s'ils sont infectés par le terrible microbe ?

— Le feu les a stérilisés.

— Ce n'est pas sûr, car ils ont subi très inégalement ses atteintes. D'ailleurs, puisque le microbe existait encore ici, ces ossements ont pu se trouver contaminés *après l'extinction de l'incendie*.

— Mais c'est un trésor inestimable, que ces vestiges de l'humanité martienne !

— Les considérations de sécurité doivent primer toutes les autres. Je dois, nous devons en référer au général Savard. »

Les officiers se rendirent au poste téléphonique. Pendant ce temps Georges, qui, en bon journaliste, avait emporté un appareil photographique, photographiait les ossements et les divers aspects du plateau.

Quelques instants après, arriva le général Savard, pourvu, lui aussi, d'un costume protecteur. Il se fit expliquer par M. Balthazard comment était disposée l'installation des Aréanthropes, et contempla longuement les ossements.

« Je vous autorise, dit-il, à prendre possession des précieux vestiges ; mais à la condition qu'ils soient arrosés abondamment de désinfectants, et enfermés ensuite dans une vitrine parfaitement étanche. Il en sera de même pour les débris intéressants qu'il paraîtrait nécessaire de conserver. »

On poursuivit les recherches, avec un empressement accru, qui devenait de la frénésie.

Mais il n'y avait pas grand'chose à glaner dans ce champ de la Mort. On trouva seulement des fragments de platine, qui avaient échappé à la dissociation, des coulées de verre fondu, de toutes couleurs, étrangement bariolées, qui provenaient évidemment des bouteilles de rhum et d'autres alcools entreposés là par les Aréanthropes. Enfin d'autres ossements, les uns de Martiens, les autres de ces bizarres animaux qui creusaient des galeries à fleur de sol : les taupes à bec ; la mince couche de terre sous laquelle ils cheminaient n'avaient pu leur sauver la vie, mais avait préservé, semblait-il, leur squelette.

Une dernière déception attendait les explorateurs de cette petite parcelle de la province normande, qui avait été une colonie de Mars : à peine eut-on touché à ces os noircis ou blanchis, et désagrégés par le feu, ou plutôt par des forces inconnues, qu'ils tombèrent en poussière et s'anéantirent en petits tas de cendre impalpable.

XXIX

DES NOUVELLES DU « CLOS SANS FAÇON »

Il ne restait donc d'autres traces des Aréanthropes, naguère si redoutés, qu'un résidu de carbonate et de phosphate de chaux, des débris de platine, des poussières métalliques (dont on préleva des échantillons) et le fragment de brique portant la silhouette d'un ptéro-crocodile.

Fort heureusement, Georges de la Blanchère avait eu soin, on se le rappelle, de photographier les ossements et de les mensurer ; ce sont des reproductions de ces photographies, agrandies à la dimension exacte de la réalité, qu'on voit dans les principaux musées d'anthropologie comparée, à la section nouvelle (et encore fort pauvre) : Humanité des autres planètes : Ptéroanthropes (Hommes munis d'ailes). Martiens ou Aréanthropes : *Homo Martius*.

Les autres débris, d'ailleurs informes, furent jetés dans la tranchée et recouverts de chaux vive.

Puis le général Savard, avec tout le groupe qui l'accompagnait, redescendit vers l'Hôtel de Ville, tandis que les soldats désinfectaient une seconde fois tout le plateau.

« A propos, général, demanda M. Balthazard, mon moyen a-t-il réussi contre les émeutiers ?

— A merveille. Nous les avons bombardés, conformément à vos indications, avec des flacons d'ammoniaque, grenades improvisées. Les effluves de ce gaz, tout en les incommodant, ont dissipé leur ivresse ; ils sont venus à résipiscence, et se sont rendus, contre la promesse d'une amnistie totale, qui entre d'ailleurs dans les vues du gouvernement.

— Parfait! reste à visiter les ateliers et les navires aménagés par les Aréanthropes. De nouveau, je demande à faire partie de la mission.

— Accordé! Mais vous savez que les explosions, les incendies et les émeutiers ont tout ravagé?

— Je ne l'ignore pas, et je crains bien qu'il n'y ait plus rien d'intéressant. Enfin, nous verrons. »

Cette fois, les dames purent être du voyage : on devine avec quel empressement elles profitèrent de l'autorisation.

Le spectacle qu'elles eurent sous les yeux était triste, comme celui de toutes les villes où l'insurrection a multiplié les ruines, et jonché le sol de blessés et de morts. La trace des balles restait aux murs noircis ou rougis par le feu; sur les pavés et les dalles, des flaques de sang n'avaient pas encore été lavées. On passait, par des brèches, à travers des barricades. Et partout, sortant des décombres calcinés, une âcre odeur de fumée, de suie, de peinture brûlée, prenait à la gorge. C'était lugubre et un peu écœurant.

La visite des ateliers, de ceux du moins dont les charpentes ne s'étaient pas écroulées, fut décevante : il y restait seulement des carcasses tordues par les flammes et qui ne donnaient qu'une très vague idée des machines dont elles étaient l'armature.

Même déception sur les navires, qu'on avait pu à grand'peine sauver d'une destruction totale; on n'y voyait plus que des débris enchevêtrés. Les explosions causées par la dissociation des métaux, du « Martium », et du platine, avaient tout ravagé.

D'ailleurs, pour aller plus vite, les Martiens avaient transformé leurs courants électriques de manière à utiliser les machines ordinaires, soit toutes faites, soit construites, avec quelques modifications, par les ouvriers qu'ils avaient capturés, et qui connaissaient seulement les méthodes et les procédés de l'industrie terrestre.

« Nous n'apprendrons rien là, dit M. Balthazard; les vrais secrets des Aréanthropes étaient tous mis en œuvre sur le plateau des Phares et il n'en reste malheureusement rien! Ils nous demeureront inconnus.

— Oui, et c'est une immense déception pour la science.

— Enfin, l'essentiel est d'être délivrés de ces monstres, dit Mrs Papacock.

— De ces monstres... qui nous étaient si supérieurs, rectifia Miss Grâce.

— Peut-être, concéda le général, mais, qui, pour cette raison même, nous auraient réduits en esclavage, sous prétexte de nous régénérer.

— Et maintenant, demanda Georges, quand donc abolira-t-on la censure, qui empêche de renseigner exactement nos journaux? Quand reviendrons-nous au régime normal?

— Je vais prendre des instructions en haut lieu. Il ne faut pas vouloir aller plus vite que les violons. Songez que la ville a été désertée, lors de la panique, et que beaucoup de maisons, de boutiques, de locaux industriels sont restés ouverts. Il s'agit de prévenir le pillage et les désordres. La grande machine sociale doit être remise en marche lentement. Et puis, il y a la question du ravitaillement, qui prime toutes les autres; si tous les Havrais revenaient chez eux déjà, ils mourraient de faim dans leur ville, dépourvue de pain, de viande et de charbon.

— C'est vrai.

— Donc, nous n'admettrons, jusqu'à nouvel ordre, que les représentants du commerce et de l'industrie alimentaire et les employés des services publics; puis, par échelons, les autres catégories de citoyens, selon leur utilité sociale. Les passeports resteront obligatoires pendant assez longtemps.

— Mais comment ferez-vous pour interdire l'accès de la ville à ceux qui s'y rendront par la route des airs? comme ces aviateurs? »

Et M. Balthazard montrait un grand avion, qui survolait la ville et semblait descendre.

« Oh! oh! fit le général, cet oiseau-là me paraît suspect. Allez le recevoir à son atterrissage, ordonna-t-il à son chef d'état-major, et coffrez les occupants, pilote et passagers, s'ils ne peuvent montrer patte blanche. Quant à moi, j'ai à conférer avec M. le Préfet et M. le député Jérôme Navarre, au sujet des mesures à prendre pour assurer le déblaiement des navires et des ateliers incendiés, ainsi que les transports et le ravitaillement, grâce à la main-d'œuvre des travailleurs naguère révoltés. »

Au quartier général, on trouva en effet le député communiste; il paraissait moins agressif qu'avant les événements récents. Peut-être l'esclavage auquel il avait été astreint l'avait-il un peu calmé? Il évitait de faire allusion aux traitements ignominieux qu'il avait eu à subir, et affectait de considérer la révolte des ouvriers comme un fait sans importance.

« Eh! bien, lui dit le général Savard, avouez, Monsieur le député, que la société actuelle est, malgré tout, plus supportable que celle dont ces messieurs de Mars nous ont donné un avant-goût!

— Je suppose, répondit évasivement Jérôme Navarre, que les circonstances exceptionnelles dans lesquelles s'est fondée cette colonie ne peuvent nous donner une idée exacte de ce qu'est l'état social des Aréanthropes. En tout cas, leur science prodigieuse mérite notre admiration.

— Certes, il est regrettable que nous n'ayons pu en faire notre profit.

— Quant à leurs radiations suggestives, et répressives, poursuivit le député, si j'en connaissais le secret, allez, le « grand soir » ne serait pas loin.

— En ce cas, conclut le général, en souriant, je préfère que vous ignoriez leur secret, bien que (poursuivit-il avec malice) vous ayez pu apprécier personnellement leurs méthodes. »

Cependant l'avion qu'avait signalé M. Balthazard avait atterri sur le plateau. Son pilote et ses passagers avaient été aussitôt arrêtés; c'étaient des journalistes américains, de passage à Paris, et qui avaient trouvé ce moyen sûr de pénétrer dans la place.

Peu après arriva également, mais en automobile et muni d'une autorisation du ministère de l'Intérieur, M. Marion, l'illustre astronome. Il fut très heureux de serrer la main à son ami M. Balthazard, mais très déçu de constater la disparition de tout vestige de la science martienne. Il pleura, en contemplant les photographies prises par Georges de la Blanchère.

« Ah! gémit-il, j'aurais donné volontiers les jours qui me restent à vivre, pour voir ces Aréanthropes et leur parler! »

Les communications se réorganisaient rapidement. La ville se repeuplait, par mer et par terre. Un volumineux courrier parvint à ceux qu'on appelait déjà « les héros de Sainte-Adresse ». Miss Grâce reçut notamment une lettre effarée de son notaire, l'honorable Elias Mac Gregor, et M. Balthazard une missive de sa dévouée servante Athalie. Nous croyons devoir en reproduire le texte, à titre documentaire.

« Monsieur,

« Je mets la main-z-à la plume, pour donner à Monsieur des nouvelles du « Clos ».

« D'abord, le fumiste est venu présenter sa facture pour la réparation du calorifère, 999 francs 95. La note est salée! (quoiqu'il n'ait pas osé mettre 1.000 fr.). Je ne lui ai pas mâché ma réponse. Je compte que Monsieur lui fera rabattre quelque chose, et même beaucoup, là-dessus.

« Puis le facteur a présenté une quittance de 20 fr. à payer; c'est la cotisation de Monsieur à la Société pour l'Avancement des Sciences, même que le facteur a dit comme ça, en riant, qu'il aimerait mieux de l'avancement pour lui.

« Jacqueline, qui avait passé à travers la barrière de la cour, comprit sans doute, dans sa cervelle de bête, qu'il avait dit quelque chose de pas bien, car elle lui mordit le bas de son pantalon et le déchira. J'ai été obligée de lui donner la pièce pour cela (au facteur, pas à Jacqueline).

« Ça m'a tourné les sangs, surtout vu que la veille déjà deux des poules avaient volé par-dessus le mur et s'étaient *ensauvées* chez le voisin. J'ai dû aller lui faire de grandes excuses, et nous avons essayé d'attraper les poules; c'est rudement difficile; je crois que Monsieur y aurait renoncé. Enfin, finalement, on a mis une échelle contre le mur, et on les a chassées vers l'échelle. Elles y sont montées et sont rentrées au poulailler.

« Mais j'avais attrapé aussi une suée, et le lendemain la grippe me tenait; j'étais malade comme un pauvre chien. Et puis Lilith s'était étranglée avec une arête de poisson et Gontran avait l'air de vouloir crever, je ne sais pas pourquoi; je crois qu'il avait avalé un clou, qui avait de la peine à passer. Alors, j'ai fait venir le médecin et le vétérinaire. Il m'a donné une drogue qui m'a fait du bien, et pareillement au corbeau et à la chatte. Mathusalem, lui, se porte à merveille, il a seulement ravagé une des corbeilles de fleurs, en poursuivant les pigeons de la voisine. Et il a failli être assommé par un vieux soulier qu'un chemineau, sans doute, avait lancé par-dessus le mur. Enfin, il n'a eu qu'une petite émotion.

« J'ai le regret d'annoncer à Monsieur qu'il y a dans le jardin une taupe; elle creuse des trous partout et fait des taupinières; je l'ai vue avant-hier, mais, quant à la prendre, bernique! il me serait plus facile d'attraper un lièvre à la course ou une hirondelle au vol.

« Mais j'ai trouvé une souris morte dans la souricière. Bon débarras! je l'ai portée à Lilith. Ah! si vous croyez qu'elle l'a mangée! Ce n'est pas assez bon pour elle. Monsieur l'a trop gâtée. Elle a flairé dédaigneusement la souris, puis m'a regardée, comme pour me dire : tu n'as pas honte, de m'offrir ça! et elle est allée dormir au soleil, avec un air de se moquer du monde.

« Je suis inquiète, au sujet de Monsieur; hier l'épicier du coin m'a dit que Monsieur avait été croqué tout cru par des diables tombés du ciel; je pense que ça ne doit pas être vrai, vu que, d'abord, ce n'est pas au ciel que sont les diables.

« En tout cas, s'ils veulent manger Monsieur, je lui conseille de se mettre en travers.

« J'espère que Monsieur m'enverra bientôt de ses nouvelles, avec de l'argent pour le mois prochain, et qu'il me donnera de l'augmentation, à cause de tous les ennuis que j'ai.

« En attendant, je prie Monsieur d'agréer l'assurance de ma haute considération, avec laquelle je suis

« Sa servante empressée et distinguée.

« HESTAIRE,

(plus connue sous le nom d'ATALI. »)

XXX

UNE DEMANDE EN MARIAGE

Ce fut dans un salon de l'hôtel réquisitionné, place de l'Hôtel-de-Ville, que M. Balthazard lut cette lettre à sa fiancée.

Georges et Viviane, assez éprouvés par toutes ces émotions, s'étaient retirés dans l'appartement mis à leur disposition.

Miss Grâce, confortablement étendue sur une chaise longue, s'abandonnait avec délices à la douceur de cet instant de détente, pendant que Mrs Papacock, infatigable, écrivait un article pour le *New-York Express Advertiser*.

« J'aime beaucoup cette lettre, dit Grâce en souriant, et votre bonne Athalie m'est déjà sympathique.

— C'est vous qui êtes bonne, si j'ose dire, ma cousine, répondit M. Balthazard ; vous avez tant de cœur, ma gentille Grâce !

— Vous aussi, mon cousin, c'est ce qui me plaît particulièrement en vous. A propos, comment pourrais-je vous nommer dans l'intimité ? Excusez mon manque de mémoire, je ne me rappelle plus votre prénom usuel.

— Nicéphore, répondit M. Balthazard, un peu gêné. Je ne vous l'ai jamais dit, je crois ; je n'en ai pas d'autre. Comme il est un peu long et assez étrange, ma pauvre mère m'appelait ordinairement Nic.

— Très bien ! *Dear Nic !* Parfait. C'est presque comme *Old Nick* (1). C'est le nom que je vous donnerai désormais.

— Ma chérie, que vous êtes délicieuse !

— Et je suis impatiente, mon cher Nic, de visiter votre villa de Bois-Colombes, comment dites-vous ? votre...

— Mon *Clos ;* c'est un mot qui signifie : terrain cultivé, entouré d'une clôture ; on s'en sert parfois pour désigner des villas.

— Eh ! bien, j'aime déjà votre clos.

— Ma bien-aimée, je reconnais là votre bonté.

— Mais il me semble, fit observer la gouvernante, avec un sourire qui ressemblait plutôt à une grimace, que vous oubliez tous deux l'essentiel.

— Quoi donc, chère Mrs Papacock ?

— De fixer la date de votre mariage.

— Vous avez raison, dit la jeune fille. Qu'en pensez-vous, *dear Nic ?*

— Ce serait tout à fait mon avis, ma douce Grâce, si j'osais penser à un si grand bonheur !

— Osez, Nic, le bonheur, comme la fortune, est aux audacieux.

(1) Surnom familier par lequel les Anglais désignent le Diable.

— Eh bien, dit M. Balthazard, en se levant et en s'inclinant cérémonieusement, Miss Grâce Milburne, ma chère cousine, j'ai l'honneur de vous demander votre main.

— Très flattée, mon cher cousin Nic ; je vous l'accorde, à certaines conditions, que je vais vous faire connaître.

— J'écoute avec anxiété.

— D'abord, vous jurez de m'être toujours fidèle et de m'aimer toujours ?

— Je le jure.

— Puis de conserver les usines et le commerce de mon pauvre père ; la raison sociale pourra devenir : Milburne et Balthazard.

— Entendu, sous la réserve que tout le travail technique, administratif et autre sera fait par les directeurs, ingénieurs et employés, car je ne connais rien au cirage.

— C'est bien ainsi que je l'entends. *Tertio,* nous garderons comme notaire l'honorable Elias Mac Gregor.

— Certes ; c'est grâce à lui que nous nous sommes connus.

— *Quarto,* vous viendrez aux Etats-Unis, visiter ce cher pays, si merveilleux. Mais seulement quand j'aurai parcouru avec vous les plus beaux endroits de votre belle France.

— J'accepte avec enthousiasme. Est-ce tout ?

— Je le crois.

— De mon côté, ma chère fiancée, puis-je vous soumettre, je ne dis pas des conditions, mais, plus modestement, des désirs ?

— Soumettez, Nic.

— Voici. Vous me laisserez m'occuper de sciences.

— C'est déjà convenu. Nous fonderons même des laboratoires et des instituts de recherches scientifiques.

— Ce sera une œuvre méritoire. *Secundo :* nous garderons mon cher « clos » de Bois-Colombes, avec ses habitants : Lilith, Gontran, Jacqueline, Mathusalem et même Athalie.

— J'y compte bien, et nous irons y passer les plus beaux jours du printemps.

— Merci, chérie. Et puis, vous ne m'emmènerez pas souvent dans le monde.

— Je ne l'aime pas plus que vous.

— Vous me permettrez de rester tel que je suis, avec ma barbe et mes moustaches.

— Soit.

— Vous m'autoriserez à fumer la pipe ?

— J'autoriserai.

— Et, d'une façon générale, à faire ce qui me plaira ?

— Oui, tant que ce sera raisonnable.

— Alors, je me donne entièrement à vous, mon aimée, et mon bonheur est complet.

— Je suis vôtre, mon chéri, comme vous êtes mien. Mais attendez, cher Nic, j'ai oublié une condition.

— Grand Dieu, laquelle? Je tremble!

— Vous vous engagez à être l'ami respectueux et dévoué de Mrs Papacock, pour qui j'ai tant d'affection? »

M. Balthazard hésita un moment.

— Je... j'en prends l'engagement, dit-il enfin, sans trop d'enthousiasme.

— Bien; vous aussi, chère Mrs Papacock, vous témoignerez toujours de l'amitié à celui qui va être mon mari? »

La gouvernante acquiesça, un peu mollement.

« Eh bien! poursuivit Miss Grâce, pour sceller cette réconciliation, embrassez-vous! »

Mrs Papacock tendit sans empressement sa joue un peu parcheminée, sur laquelle M. Balthazard déposa un baiser des plus réservés.

« Sur l'autre joue, maintenant, et mieux que cela. »

La cérémonie recommença, sans beaucoup plus d'entrain.

Miss Milburne riait aux larmes.

D'heure en heure, cependant, la vie reprenait ses droits, dans la ville naguère abandonnée. Ses habitants y revenaient, la réorganisation des transports s'opérait plus vite qu'on ne l'eût espéré; il est vrai qu'en somme, à part les dégâts, très limités, qu'avaient causés les incendies, les services publics étaient intacts; il ne s'agissait que de les remettre en marche.

Quant aux curieux, qui affluaient déjà de tous les points du globe, on les tenait encore à l'écart; mais la consigne devait bientôt fléchir. Des dispositions étaient déjà prises pour répartir les voyageurs entre les hôtels du Havre et ceux des agglomérations voisines : Rouen, Trouville, Deauville, Houlgate, Cabourg, Caen, Etretat, Fécamp et naturellement Paris.

Des fêtes de bienfaisance s'organisaient au profit des « victimes des Martiens », savoir : des travailleurs qui avaient été réduits en esclavage et se posaient en martyrs. Pour un peu, ils eussent émis la prétention de se faire attribuer par l'Etat une forte pension, jusqu'à la fin de leurs jours.

Ce fut à leur profit qu'on décida de vendre aux enchères les fragments de platine recueillis à Sainte-Adresse et dans les ateliers incendiés. Ils devaient bénéficier également des droits d'entrée à payer par les touristes qui visiteraient les navires le *Gigantic* et le *Zoulouland*, à demi incendiés. Du reste, une partie des travailleurs forcés provenaient des équipages de ces paquebots.

Le Président du Conseil, M. Lambertier, vint en personne inaugurer ces fêtes. On lui fit les honneurs de tous les endroits où il s'était passé quelque chose; il amenait des invités, parmi lesquels de nombreux parlementaires et une délégation de l'Académie des Sciences, ainsi que les représentants de la Grande-Bretagne et des Etats-Unis.

Le soir, eut lieu, à Frascati, un grand banquet, qui fut extrêmement brillant. La salle était ornée des photographies prises par Georges et représentant les ossements calcinés des Aréanthropes ainsi que de la « taupe à bec ». On y avait joint d'autres photographies, enregistrant l'aspect désolé des ateliers et des navires dévastés par le feu, et des dessins remarquables, dans lesquels M. Balthazard avait reconstitué de mémoire les physionomies et attitudes des Martiens. On admira beaucoup ces œuvres d'art, particulièrement un croquis où l'auteur avait indiqué, au pastel, les trois regards colorés de ceux que certains savants appelaient aussi les « Triplopes », c'est-à-dire les hommes à trois yeux.

Etaient exposés également les morceaux de platine qu'on avait pu recueillir, et qui, soigneusement désinfectés, devaient être vendus aux enchères, au bénéfice des victimes des « Diables ».

Le Président du Conseil prononça un discours éloquent, dont voici la péroraison :

« .... C'est donc, Mesdames et Messieurs, d'une véritable invasion qu'il s'agit, d'une invasion sournoise, facilitée par les prodigieuses découvertes d'une science bien plus avancée que la nôtre, et qui a failli permettre à un petit nombre de ces êtres singuliers et redoutables de conquérir la terre.

« S'ils n'y ont pas réussi, c'est pour des raisons toutes particulières, que vous exposera tout à l'heure l'un des héros de cette tragique aventure, j'ai nommé M. Balthazard, le chroniqueur si apprécié, je dirai même le savant si estimé. (*Applaudissements chaleureux.*)

« Il vous expliquera par quel bienheureux hasard la puissance irrésistible de ces monstres a été réduite à néant.

« Je m'en voudrais de déflorer sa causerie, comme de retarder le moment où vous aurez le plaisir de l'entendre.

« Qu'il me soit permis seulement d'affirmer ici toute la sollicitude du gouvernement pour les victimes de la plus imprévue des catastrophes et de saluer les puissances qui ont été nos alliées dans cette nouvelle guerre si bizarre! La Grande-Bretagne, à laquelle les Aréanthropes allaient ravir l'empire des mers: les Etats-Unis, dont la formidable industrie a dû reconnaître la supériorité des ingénieurs de Mars. (*Applaudissements, exclamations diverses.*)

« J'adresse un particulier hommage à une personne qui, en ces difficiles circonstances, s'est montrée aussi admirablement courageuse et aussi remarquablement intelligente qu'elle est belle, je veux parler de Miss Milburne, que le plus doux des liens unira bientôt à M. Balthazard. (*Vifs applaudissements, mouvements de sympathie.*)

« C'est avec un grand plaisir que je leur remets à chacun, au nom du Gouvernement,

MRS PAPACOCK TENDIT SANS EMPRESSEMENT SA JOUE PARCHEMINÉE

la Croix de la Légion d'Honneur. (*Acclamations enthousiastes.*)

« Je n'aurai garde d'oublier Mme de la Blanchère, qui mérite de semblables éloges; son mari, le journaliste de grand talent, ni tous ceux, toutes celles, qui jouèrent un rôle glorieux dans ce drame, y compris M. le député Jérôme Navarre, qui, plus que nul autre, a payé de sa personne. (*Quelques sourires.*)

« Et maintenant, je réponds à une question que je devine sur toutes les lèvres : *Reviendront-ils?* Devons-nous craindre une nouvelle attaque des « Diables » au triple regard? Eh! bien non, j'en suis persuadé. Il paraît certain qu'en cas de réussite de leur entreprise, leur planète natale en eût été avisée. Comment? Je n'en sais rien, mais elle l'eût été sûrement. Ne recevant aucun télégramme « géo-aréien », aucune nouvelle de la Terre les Aréanthropes (ceux de là-haut) vont renoncer, pour quelques siècles, tout au moins, à venir nous coloniser, comme (d'après les déclarations du vieux Raph Glymm) ils auraient colonisé Vénus.

« Nous pouvons donc dormir tranquilles; déjà, sans doute, ils ont marqué la Terre, sur leurs cartes célestes, de la mention désabusée :

« Planète interdite aux Martiens! »

XXXI

LES CAUSES DE LA CATASTROPHE LIBÉRATRICE

Quand M. Balthazard prit à son tour la parole, il se fit un grand silence.

« Mesdames, Messieurs, commença-t-il, en caressant nerveusement sa barbe, je serais bien à plaindre, s'il me fallait vous faire un discours. Tout d'abord, je n'ai aucune éloquence, naturelle ni acquise; puis, après l'orateur illustre que vous venez d'applaudir, je ne saurais briller à vos yeux, ni charmer vos oreilles. Ajoutez à cela que ces « Diables », dont je vais vous entretenir, ignorent ou dédaignent l'art de la parole; ce n'est donc pas près d'eux que j'aurais pu m'y perfectionner.

« Heureusement je n'ai pas à prononcer de discours, mais simplement à vous expliquer comment a dû, d'après mes déductions, se produire la providentielle catastrophe, grâce à laquelle nous avons échappé à l'asservissement.

« Je ne reviendrai pas sur les événements que vous connaissez et qui ont fait l'objet, dans la presse, de tant d'articles remarquables, notamment de ceux de mon cher ami, Georges de la Blanchère. (*Applaudissements, voix diverses : « et des vôtres ».*)

« Je remercie les aimables auditeurs qui veulent bien se souvenir de mes modestes chroniques. Ils se demandent sans doute, et bien d'autres avec eux, par quel prodige les « Diables verdâtres », ces êtres fantastiques, ces géants, qui semblaient tout-puissants et invincibles, ont disparu jusqu'au dernier, en même temps que leurs étranges machines, leurs installations surhumaines et tout ce qu'ils avaient réuni sur le Plateau des Phares. Je vais vous l'apprendre. (*Cris de : Ecoutez!*)

« Tout d'abord, précisons le nombre de ces monstres. Je suis à peu près sûr de ne pas me tromper en disant qu'ils étaient douze exactement. Ils sont arrivés sur la terre, ou plutôt sur la mer, dans quatre obus, contenant chacun trois Aréanthropes (Rappelez-vous que ces gens-là sont beaucoup plus grands et plus gros que nous). Ces obus étaient mus par des fusées, qui les propulsaient avec une vitesse vertigineuse, soit dans l'atmosphère martienne, soit dans ce vide relatif qu'on appelle, faute de mieux, l'éther. Ayant franchi la limite de l'attraction terrestre et leurs obus s'étant naturellement retournés, ils ont fait fonctionner de nouveau les fusées, pour retarder la chute et par suite amortir le choc, tout en atténuant la chaleur de frottement, qui avait déjà porté au rouge blanc le platine dont était revêtue la cabine métallique. Ainsi s'expliquent les fameux « météores de l'Atlantique » et les singulières particularités observées par le commandant Le Rouzic (lenteur relative de la chute, radiations au-dessous du bolide).

« Les premiers des naufragés, ou plutôt des ambassadeurs de Mars, qui aperçurent un navire se firent recueillir par lui et s'en emparèrent de la façon que vous vous rappelez. C'était le *Gigantic*. Puis ils allèrent recueillir les occupants des autres obus, dont les points de chute leur étaient approximativement connus, et se trouvaient en outre indiqués par des projections lumineuses. En même temps ils organisaient sur le bâtiment des ateliers, montaient des machines de toutes sortes, des installations mécaniques et surtout électriques, pour construire tous les appareils dont ils avaient besoin. Ils capturèrent ensuite, grâce à leurs rayons orangés, l'*Ile-de-France* et le *Zouloulund*.

« Vous n'ignorez pas quels sont, d'après les plus vraisemblables conjectures, les fondements de leur science : ayant vérifié (comme nous le pressentions) que tout dans la nature, chaleur, lumière, force, attraction, relève d'un fluide unique, prenant les formes les plus diverses, ils ont pu capter ce fluide, particulièrement par l'utilisation de l'électricité atmosphérique, recueillie aux régions supérieures de l'atmosphère par des colonnes de rayons conducteurs, analogues aux rayons ultra-violets mais visibles.

« De même, sachant que la matière est une, et que tous les corps sont engendrés par des transformations et combinaisons d'atomes et de molécules, ils ont trouvé le secret de transmuer les métaux, antique rêve des alchimistes, de les dissocier, et même d'utiliser cette dissociation ralentie pour produire une énergie formidable, et presque inépuisable, qu'ils distribuent au moyen de projecteurs, pour les radiations lumineuses, et d'autres transmetteurs, semblables à ceux de la télégraphie sans fil, pour les radiations obscures et les ondes électriques ou fluidiques (car il s'agit peut-être d'un autre fluide que l'électricité). Grâce à ces forces étranges dont ils disposaient, ils ont pu diriger les nuages, commander à la pluie, aux tempêtes, aux orages, et ce n'est sans doute pas le prodige qui nous paraît le moins merveilleux.

« Mais je m'excuse de ces considérations un peu trop techniques et je reviens aux Aréanthropes eux-mêmes.

« D'après divers indices, je me suis formé la ferme conviction qu'ils ne sont pas tous absolument pareils. Ils se diviseraient en trois espèces : les « intellectuels » (savants, ingénieurs et autres *dirigeants*), j'appellerai cette catégorie : *Martius sapiens;* les ouvriers, travaillant sous les ordres des premiers comme les abeilles ouvrières des ruches : *Martius operarius;* et les nourriciers (*Martius genitor-educator*) qui s'occupent des enfants et des travaux domestiques. Ces trois espèces sont d'ailleurs soigneusement sélectionnées et cultivées en vertu de lois rigoureuses.

« Les Martiens, vous le savez, ignorent le mariage, pour l'excellente raison qu'il n'y a pas de Martiennes. On prétend que leur existence y gagne en tranquillité? (*sourires*). Alors même que ce serait vrai, Mesdames, je ne les envie nullement; je soutiens que, sur ce point, leur condition est très inférieure à la nôtre. (*Vifs applaudissements*).

« Chaque obus contenait un représentant des trois espèces. La colonie de la Hève comprenait donc : quatre savants, dont le chef, ayant autorité sur tous les Aréanthropes, s'appelait *Raph Glymm* (c'est-à-dire : Etoile de sagesse); quatre ouvriers (je n'en ai connu qu'un : *Momm Trump*, nom qui signifie triangle équilatéral), et quatre nourriciers employés à des besognes faciles et peu fatigantes, ainsi qu'à élever de petits Martiens, pour peupler plus tard la terre. On vous a déjà décrit les couveuses dans lesquelles grandissaient ces enfants d'outre-ciel. Je ne saurais assez regretter qu'au moins l'un d'eux n'ait pu être sauvé.

« Mais vous trouvez sans doute que les explications promises, au sujet du drame final, ne viennent pas vite. (*Protestations courtoises : non, non!*) Patience, m'y voici.

« Les ouvriers étaient chargés, en plus de leur travail, de la garde des baraquements. Vous n'avez peut-être pas oublié que les Aréanthropes savaient, grâce à des effluves spéciaux, supprimer presque entièrement le sommeil. Ils appliquaient ce régime aux travailleurs forcés qu'ils avaient réduits en esclavage et dont vous connaissez les dures épreuves. (*Oui! oui!*)

« Voulez-vous maintenant que je vous dise ce que j'ai vu, au moment où, après avoir découvert les cadavres des « Diables » massacrés, j'ai jeté un coup d'œil dans un des baraquements, celui où étaient accumulés les rhums et autres liqueurs provenant des entrepôts havrais? (*Dites!*)

« Eh bien! six Aréanthropes étaient étendus ivres-morts sur le sol, où coulait un ruisseau d'alcool, échappé des bouteilles brisées et des barils défoncés. Une écœurante odeur éthylique remplissait le baraquement. Les six Martiens, vautrés dans ces flaques de spiritueux variés, n'avaient plus rien de ce qui faisait leur infinie supériorité. Ils ressemblaient à des bêtes immondes, et leur taille colossale ne faisait que les rendre plus abjects. Ils remuaient lentement et stupidement leurs membres et leurs ailes, en prononçant des paroles apparemment dénuées de sens, et se querellaient sauvagement.

« L'un d'eux m'aperçut et voulut se lever, mais il ne le put et retomba lourdement, entraîné par la pesanteur, plus forte ici que sur sa planète. Alors il ouvrit son *troisième œil* et le dirigea vers moi, pour me tuer ou me blesser ; mais l'ivresse avait aboli le pouvoir mystérieux et redoutable du regard rouge, devenu trouble et pâle. Les autres monstres suivirent cet exemple, mais sans plus de succès. Dans un angle, j'aperçus avec horreur le corps d'un homme baignant dans son sang. Mais l'incendie redoublait de violence. Je dus me retirer. Peu s'en fallut, d'ailleurs, que je ne fusse mis dans l'impossibilité de vous décrire ce spectacle, car, quelques minutes après, l'effroyable explosion que vous savez détruisait tout sur le plateau.

« Que s'était-il passé? Vous pouvez le conjecturer comme moi. Un des travailleurs humains, peut-être coutumier du vice d'intempérance, peut-être affaibli, et sentant le besoin d'un violent stimulant, avait pu forcer la porte de l'entrepôt. Surpris par le garde, il lui communiqua, volontairement ou non, le désir de goûter à la liqueur de feu, exclusivement employée sur Mars à des usages industriels. L'Aréanthrope prit goût à ce traître breuvage et entraîna ses compagnons, les Martiens ouvriers, dans son dangereux égarement. Ils s'enivrèrent et devinrent bientôt comme fous furieux. Surpris et sévèrement réprimandés par Raph Glymm et les autres Martiens savants, ils les massacrèrent ainsi que tous leurs autres compagnons (qui avaient probablement tenté de s'interposer) et l'homme, qui cherchait sans doute à fuir.

Puis ils recommencèrent à se gorger d'alcools.

« Cependant, les machines, n'étant plus conduites par personne, se déréglèrent. Le courant électrique (ou fluidique) augmentant sans cesse de tension et d'intensité, donna naissance à des court-circuits, qui allumèrent partout l'incendie. En même temps, la dissociation des métaux, dans les moteurs, s'activa de telle sorte qu'elle provoqua finalement une décomposition instantanée, semblable à celle des explosifs, d'où la terrible déflagration qui pulvérisa tout à un kilomètre à la ronde et ravagea la colline de Sainte-Adresse, en déchaînant une effroyable tempête. C'est à cette circonstance que nous devons malheureusement de n'avoir pu recueillir aucun échantillon du mystérieux métal, le *Martium*, et d'avoir trouvé si peu de platine.

« Que conclure maintenant de tout cela ? Que l'alcoolisme, ce fléau dégradant et néfaste, a fait perdre aux Aréanthropes l'immense avantage que leur donnait leur science prodigieuse et les a conduits à leur perte? Cela me paraît incontestable. Quelle leçon pour nous !

« Méditons-la. Oui, les Martiens nous étaient infiniment supérieurs. Et pourtant, moi-même, qui les admirais, je suis heureux d'être délivré de leur tyrannie, plus ou moins inconsciente. Ils ne peuvent pas nous comprendre, et nous ne pouvons les comprendre.

« Que la terre suive ses destinées, qui sont d'aller lentement, trop lentement, hélas ! sur le chemin du Progrès. Nous surpassons, du moins, nos voisins de Mars sur un point : nous avons le bonheur de connaître le mariage, ce magnifique lien qui unit l'homme — force et raison — à la femme — beauté, sentiment, intuition — pour créer la famille, chose si douce et si sacrée. Sachons apprécier à sa juste valeur cet avantage inestimable !

« Devenons sans cesse plus savants, certes ; mais aussi, meilleurs. Que la Science nous serve pour le Bien, non pour le mal ! Si, dans quelques siècles ou quelques milliers d'années, l'homme est aussi savant que les Aréanthropes (dont peut-être alors la planète agonisera), cela ne lui servira de rien, s'il a oublié les merveilles de l'âme, s'il n'a plus d'idéal moral et s'il méconnaît la félicité partagée d'être un en deux âmes.

« Aux belles nuits, quand nous contemplerons la planète rouge d'où sont venus ces monstres admirables — mais qui restent des monstres, — n'ayons pas d'envie ; disons-nous seulement : nous sommes les Terriens, infiniment petits et infiniment grands ; quelque chose est plus divin que le cerveau le plus génial ; c'est notre cœur, où palpite ce fluide indéfinissable qu'on appelle l'amour, et je prends ce mot dans son sens le plus élevé ; l'amour, forme la plus sublime de l'Attraction universelle ! »

Et, se rasseyant au milieu des frénétiques acclamations de l'assistance, M. Balthazard vit dans les yeux de sa fiancée, délicieusement émue, quelque chose de plus infini que tout le ciel étoilé.

TABLE DES MATIÈRES

Imprimerie du Palais, 20, rue Geoffroy-l'Asnier, Paris.

Œuvres illustrées de Jules Verne

SÉRIE A

Chaque volume in-8° illustré

broché . . . . **10 fr.**
cartonné . . . . **15 fr.**

L'Archipel en feu.
Autour de la Lune.
Aventures de trois Russes et de trois Anglais.
Un billet de loterie.
Le Chancellor.
La Chasse au Météore.
Le Château des Carpathes.
Les cinq cents millions de la Bégum.
Cinq semaines en ballon.
De la Terre à la Lune.
Un drame en Livonie.
Le Docteur Ox.
L'Ecole des Robinsons.
L'Etoile du Sud.
Face au Drapeau.
Hier et Demain, Contes et Nouvelles.
Robur-le-Conquérant.
Le Secret de Wilhelm Storitz.
Le Tour du Monde en 80 jours.
Les Tribulations d'un Chinois.
Une Ville flottante.
Voyage au centre de la Terre.

SÉRIE B

Chaque volume in-8° illustré

broché . . . . **20 fr.**
cartonné . . . . **28 fr.**

L'Agence Thompson and C°.
Aventures du capitaine Hatteras.
Aventures de trois Russes. — Une Ville flottante.
De la Terre à la Lune. — Autour de la Lune.
Un Capitaine de quinze ans.
Cinq semaines en ballon. — Voyage au centre de la Terre.
Les cinq cents millions de la Bégum. — Tribulations d'un Chinois.
La Chasse au Météore. — Le Pilote du Danube.
L'Etoile du Sud. — L'Archipel en feu.
L'Etrange Aventure de la Mission Barsac.
La Jangada.
La Maison à vapeur.
Michel Strogoff.
Les Naufragés du « Jonathan ».
Robur-le-Conquérant. — Un billet de Loterie.
Le Secret de Wilhelm Storitz. — Hier et Demain. — Contes et Nouvelles.
Le Tour du Monde en 80 jours. — Le Docteur Ox.
Vingt mille lieues sous les mers.

SÉRIE C

Chaque volume in-8° illustré

broché . . . . **25 fr.**
cartonné . . . . **33 fr.**

Les Enfants du Capitaine Grant.
L'Ile Mystérieuse.
Mathias Sandorf.

Les mêmes volumes dans la Collection in-16 illustrée,
Brochés : 7 francs :: :: Reliés : 10 francs

IMP. CUSSAC, PARIS.

www.ingramcontent.com/pod-product-compliance
Ingram Content Group UK Ltd.
Pitfield, Milton Keynes, MK11 3LW, UK
UKHW021553260726
13993UKWH00002B/814